air feel

空の精霊

大住太郎

文芸社

登場人物

セイ・ライツ（一七）……主人公。飛行機乗りを目指している。

カイ・ライツ（一七）……セイの双子の弟。

アイセーラ・ウル・ホロスコープ（一七）……リトルロンドンの町に疎開してきた少女。

ディメースター・フルハウス（一七）……通称ディメー。ハイスクールの人気者。

シャレル・ライツ（一六）……セイの妹。

メリーワット・ライツ……セイの母。

キリュウ・ライツ……セイの亡き父。

バルジ・ヘルム……キリュウの親友。整備士。

ルフォルト・フルハウス……ディメーの父。

マルコ・フルハウス……ディメーの兄。

オーギット・ホロスコープ……アイセーラの父。

エスケスタ・ホロスコープ……アイセーラの母。

ジム・カンダンテ……アイセーラのボディガード。

ケッサリア・シューハ……アイセーラの付人。

ギュトー・ヘルム……バルジの養子。
アカム・ジル・エア……セイの友人。
マハ・マファース……セイの友人。
ハーマス・ペクチャー……セイの友人。
アレフ・クラリオン……ディメーの遠縁の子
ハンナ・セネシュ……アレフのガールフレンド。
セピアハープ・ペンダント……声と記憶を無くした少女。

air feel
―空の精霊―

「エメラルドグリーンアイズ・オブ・ブリテン」と称えられる島がある。

一九四〇年——グレートブリテン島——

この島は吹き抜ける偏西風の影響によって高緯度にもかかわらず、穏やかな寒さを持つ冬と心地良い涼しさを持つ夏という二面において、世界でも有数の快適な気候を持ち合わせ、その産物としてそこに根づく植物達も変化が少なく、一年を通して鮮やかな緑色を保っている所が数多く存在している。故にこの島を大海に浮かぶ緑の宝石として、さらには瞳に比喩されることがある。

グレートブリテン島の中央部に連なるペナイン山脈の北部にあるヨークシャー地方には、一九世紀後半からその需要を極端に増大した大規模な炭鉱場が数多く存在している。

バーンズリーの町とドンカスターの町の間にある露天掘りの炭鉱場を中心に、周囲に拡大している。それをとりまくように数多くの鉱夫の町が点在している。

また近くには、ヨークシャーの丘陵地帯とそれに連なるヨークシャーの渓谷と呼ばれる北部ペナイン山脈を深く刻む谷がある。それは石炭紀の石炭岩類が階段状の谷壁を形成しているところであり、季節に咲き乱れる薄紅や白色の花を結ぶ紫がかったヒースの花の優雅さとともに魅惑的な景勝を形づくっている。

リトルロンドンの町——もっともヨークシャーの渓谷寄りの鉱夫の町である。くしくもイギリスの首都こと「霧のロンドン」と同じ名を冠している。鉱夫の町と称するには、それの占める割合は三分の一程度で、残りはヨークシャーの渓谷を望むということで専ら観光地としての方が町の売りになっている。

そして裕福な上流階級の貴族達の別荘が点在している。

町のシンボルとして天に向かってそびえ立つ時計が、まもなく正午の時を告げようとしている。町の中央区の広場にあるこの時計台にはかなり投資されているらしく、貢献者達の名の刻まれた碑が寄り添うように建てられている。

リーンゴーン　リーンゴーン
リーンゴーン　リーンゴーン——

……ちょうど今、その時計台が正午を告げる豪奢な鐘の音を鳴らす。

透明感を持つその音調が、町の中心から外へ向かって湖面にたつ波紋のように響き渡ってゆく。その鐘の音を耳にしてやや首を聞こえてくる方向に傾きかけたセイ・ライツはすぐに正面を向き直した。

昨日一七歳の誕生日を迎えたこの目元涼しい少年は、自転車に跨って風をきるように石畳の街路地に面するゆるやかな坂をすべるように走り抜けていった。下っていく坂道を中央区へと続く通りの手前でハンドルをきり、ウエストストリートへと進路を変える。

中央区を挟んで二つの商店街ウエストストリートとイーストストリートがある。イーストストリートには小さいながらもポート・ピューラー駅がある。駅という表現を使うには見た目がまるで掘っ立て小屋のようなので、適切ではないかもしれないがその機能は十分に果たしていた。

　ウエストストリートに入ったセイは、通りに面して突出しているさまざまな店の看板にちらりと視線を移しながら、目的の店を目指して自然とペダルに力が入ったが思うように進めなかった。

　正午の商店街は人々でごった返すが、その雑踏の中は自転車や自動車が通れないほどではない。しかし両者とも自然とそのスピードを落とすのが暗黙の了解であった。どんな町でもその商店街の賑わいはこのようなものであろう。町の雰囲気を映す鏡のような役割も同時に果たしてくれるこの光景には生活感が溢れでており、人々の息づかいが肌を通して伝わってくる。

　お目当ての店の看板を人ゴミの合間に見つけたセイは、自転車のブレーキを軽く握り締めてスピードを殺した。そして店の入口の石段の脇に自転車を手際よく止めた。足取りも軽く、勢いよくドアを開ける。

　ドアの把手の周りは結構磨り減っており、店が繁盛していることが窺える。清涼感漂うこざっぱりとした店の中には、イースト菌と小麦粉の焼ける香りが蔓延していた。表の看板には『ミルポのパン屋』と書かれている。店内では数人の女性がトレーにパンをゆるりと選んでいた。店の奥では忙しく動く人影がいくつか目に入る。

セイもトレーをとってパンを選び始める。

選ぶパンのリストが書かれた紙片をズボンのポケットから取り出して、パンの並ぶ陳列棚をまわってゆく。

「あら、セイ。どうしたの？　もうアルバイトは済んだの」

店の奥からレースのカーテンをくぐって、年配の女性が顔を出す。レジに立つ若い女性が何かしらと窺うようにその女性に一瞥をくれる。

「母さん」

セイに母と呼ばれた女性、メリーワット・ライツは愛想よくかるく手を振る。今年三八歳になる彼女には年齢にふさわしくない肌の張りがあり、ほほえむと右にエクボができた。

「今日、フルハウスさんのところに新しい同居人がくる予定なんだ。だからその歓迎パーティーのための買い出しを頼まれたんだよ」

「あら、今日だったの。それは楽しみね。確か女の子がくるのよね」

「そう聞いてるけど」

「かわいい娘だといいわね。ディメーさんのように。それでカイは一緒なの？」

「ううん。カイはフルハウス邸で大掃除に駆り出されているよ」

店の奥から呼ばれたメリーワットはセイとの会話をそこでうちきり、レジの若い女性に何か耳打ちしてからセイに目くばせして、そそくさと店の奥へ消えていった。

そうとう忙しいらしい。そのことはセイにとってもうれしいことであった。レジの若い女性はセイを見てにっこりと笑い、ゆっくり選んでいってねと声をかけてきた。セイは新しい人を雇ったんだなと理解すると同時に、気持ちのいい雰囲気を持つ人だと思った。

セイが一二歳のとき、日本人である父キリュウ・ライツが事故で亡くなり、彼の保険金と遺産を元手に家族四人が暮らしていけるようにメリーワットはパン屋を開業し、女手一つで三人の子供達を育ててきたのである。彼女自身さまざまな心労を背負ったが、子供達の健やかな成長がそれを支えてくれた。

夫が日本人であるということで家を勘当され、しかもその夫をも亡くした彼女にとって子供達はその生のすべてであり、財産であった。彼女は夫になりかわって子供達を立派に育て、立派に母親をしていると自負していたし、それは事実であった。今ではパン屋の経営も軌道にのり、商店街の中でも人気のある店舗の一つに数えられるまでになったのである。

セイは注文された品物をすべて揃えたことを確認してからレジに向かった。二人の年配の女性が先に並んでいたので少しだけ待たされた。自分の会計を済ませてからパンの入った包みを受け取るとき、レジの若い女性がこれサービスねといって焼きたてのロールパンを一つ、包みにしのばせてくれた。お礼をいってからセイは店を出た。ズボンのポケットからセイはさっきとは別の紙片を取り出した。

「チェッ　こっちで済ませばいいのに」

誰にいうとなく呟いたセイは、先程のロールパンを口に放り込みながら、自転車に跨った。

フルハウス邸のメイドに渡された買い出し表のメモには、肉類はどこで野菜はどこでとわざわざ買い求めてくる店の名前まで書かれていたからだ。故にウエストストリートの商店街だけでなく、この後々イーストストリートの商店街にまで足を運ばねばならなかったのである。さらに町の飛行場バルジ・ヘルムの工房を訪ねる用事もあり、午後四時までにといわれているので急がねばならなかった。

セイは次の店を目指して人ゴミの中をゆっくりとペダルを踏み始めていた。


パーティーの買い出しをすべて終えたセイは、次に向かうべきバルジの工房へと急いでいた。自転車の荷台からはみ出すほどの品物を無理にロープでくくりつけているので安定感がなく、サドルにかけている腰から嫌な感覚が伝わってくる。安定していないってこんなにも不安なのかと思いながらセイは、下り坂にさしかかったので視界を得るのに苦労していた。後ろの荷台に積みきれず前にとりつけたカゴいっぱい、いやそれ以上に積まれた食品類の入った包みに前方の視界の幅をせばめられていたからである。

「!?」

セイにはその少女が路地より飛び出してきたように見えた。しかし実際にはそうではなく、不意に逸らした彼の狭い視野に急に彼女が映ったのでそう見えただけであった。少女の方も少し浮かれ気分に浸っていて、飛び出したわけではないのだが不注意に通りを横切ろうとしてしまったのであった。

セイは急にハンドルを切ろうとする行動とブレーキをかける行動を同時に起こした。しかし前後のバランスを崩していた自転車は、それに対応するにはあまりに無理がかかりすぎていた。

「あわわ、あ〜〜」

セイは片寄る荷物を左手で必死に押さえ直しながら、どんどんふらついてくる自転車の体勢を直そうとした。セイがあげた奇声に遅れて気づいた少女は一瞬硬直し、頭の中が真っ白になって迫りくるものに足が竦みあがってしまった。

声も出せずに表情を強張らせてしまい、その少女は異様なくらいに瞳を見開いていた。

セイは、壊れたマリオネットのように四苦八苦しながら一つの考えにたどり着いた。いや体が勝手にそう判断した。

自分が倒れるのは仕方がないが、彼女との衝突は避けられるように思えた。

ハンドルを倒すようにして大きく左へ重心移動するのを利用して、自転車ごと倒れこんでいった。

しかし、不運なことに少女との衝突こそ避けられたものの、歩道に突き出ていた赤い水道バルブに正面から衝突してしまった。

「ナム！」

セイは意味不明な言葉を吐き出しながら、バルブにより勢いを急に殺されたために生じた衝撃を全身で受けとめるはめになってしまった。パーンと頭の中で何かが弾ける音がする、いや、音がした、いやいやしたはずだ。

ボーッとしていた意識がゆっくりと形を帯びてくる。体を起こそうとしたとき、鈍い痛みが電撃のように走り、脳を直撃するようなこっぴどい洗礼を受けた。

「……動かない。ん、なんなんだ……」

ひとごとのように呟いたセイは、大の字になって道に寝転がる。瞼を閉じてしばし時を忘れた。そんな彼の逃避行動を現実に引き戻したのは、彼の鼻腔を通して流れてきた言葉では表現できないような甘い芳香であった。

ドキリとした。

顔をあげるとすぐ側に、見知らぬ少女が腰を屈めて心配そうに覗いていたからだ。

家々の隙間から漏れてくる陽光が、彼女のブロンドをたっぷりとしたものにみせていた。

エメラルドグリーンの瞳の美しさが印象的な少女であった。

セイは差し出された彼女の白い手をとり、ゆっくりと腰をさすりながら立ち上がった。

『やわらかい——』

流れるようなブロンドを持つ少女の手の温もりはとても優しく、また彼女が親身になってセイを心配してくれているということもなんとはなしに伝わってきた。

「大丈夫——」

なまりのない清音に満ちた発音の英語をセイは耳にした。

「あ、はあ、いや別にたいしたことはない」

あたふたしながらも反射的にからだ全体を前後左右に揺すって大丈夫なことを示した。

「よかったあ。ごめんなさいね」

「いや、こっちこそ、それより君の方は?」

「おかげさまで私は大丈夫です」

ホッとしつつも、はにかんでセイは髪をかきむしった。その時、もたげた右腕の肘から赤い鮮血が一筋流れる。

「まあ!」

それに気づいた少女は、両手で包み込むようにセイの肘をとらえて顔を近づける。

視線を落としたセイの瞳に彼女の胸元がちらつく。薄地のワンピースの胸のふくらみは、肌までも透き通らせてしまうような気がしてドキドキした。さらに鼻腔をくすぐる甘い芳香はまぎれもなく女性をセイに意識させた。

思わず肘を引っ込めようとする。

「動かないで」

そういうや否や、少女は傷口に優しくキスを添える。彼女の唇を通して伝わってくるやわらかさ、温かさといったものがセイの胸を高鳴らせる。傷口の汚れた血液を唇で拭いとってから、取り出したレースのハンカチでかるく結ぶ。

「これで大丈夫だと思うけど、後で消毒、忘れないでくださいね」

「そんなぁ、ありがとう」

セイは感謝の意を込めて彼女の手をとって強く握った。

名前を知りたい！

そんな激しい衝動にかられつつも、表面は意に反して俯いたまま硬直し、手の甲から異常な速さで汗が噴き出してきていた。

「どうしたの。急に黙っちゃって」

俯いたまま立ち尽くすセイを横目に、その少女はテキパキと自転車のカゴからこぼれ落ちた食品類の埃をはらいながら拾い始める。自転車の被害も少なく、少しだけハンドルが曲がった程度で済み幸いだった。

「どうもありがとう」

セイは丁寧にお礼を述べた。

「こちらこそ、どういたしまして」

かるくしなをつくった彼女の顎から首筋にかけての線が、妙に色っぽく彼の心をさらなる熱い想いで包んだ。

「本当に助かったよ。僕はセイ・ライツ。君は?」

セイはごく自然に切り出せたと思いつつも、自然さを装うことの難しさを再認識した。

「あ、私ったら、そうよね。私はアイセーラ・ウル・ホロスコープ。よろしく」

彼女の艶のある声の返答はセイを喜びで満たした。でも次の瞬間には詮索が始まっていた。

『アイセーラ。聞かない名前だけど似合ってる。歳も同じくらいだから知らない娘はいないはずなんだけど。一つしかこの町には学校もないしな。ん、そうか、多分、夏の避暑として別荘にきている貴族達の娘だ。どうりでなまりのない、よく教育されたような綺麗な発音だったはずだよ』

そう思いつつも彼女のなら悪くはない、いやむしろ清楚なイメージを確固たるものにしてくれているとも思った。

近くでアイセーラを呼ぶ声が聞こえる。

「ジムだわ。ごめんなさいセイ君。私、もう行くね」

今にも駆け出そうとしているアイセーラに対してセイは、

「また……会えるかな」

そういうのが精一杯であった。

「ん……ええ、きっと！」

少し首を傾げて、にっこりとほほえみを返してから、アイセーラは声のした方向へと走り去って行った。セイは後ろ髪を引かれる想いで、その後ろ姿を視界から消えるまで見送っていた。

『アイセーラ……か。良家のお嬢様はお出かけもボディガード付きらしい。でも縁があればまた会えるさ。小さな町だし人生なんて偶然の連続さ』

最後は声になっていたかもしれない。

セイは自転車に再び荷物を固定して思い出したように急いでスタートさせた。バルジさんとの約束の時間はとうに過ぎていたし、ディメスター・フルハウスに約束させられた時間も迫ってきていたからだ。

ティアラタウン——リトルロンドンの町の北西に位置するこの区画は、ヨークシャーの渓谷よりにできた広大な丘陵地帯を中央の貴族向けに解放して、避暑地として町が力を入れている地区である。家間は長く豪奢な邸宅、もしくは別荘が点在している程度である。
貴族の好みに合わせて宝冠の地区と名称づけられたのも町議会の計らいである。

このティアラタウンの一画にフルハウス邸は建っている。

庭には意図的に植えられたブナの木が雄大に茂っており、赤レンガ造りの邸宅に威厳を添えている。また質素とまではいかないまでも、ある程度格式をもって造られた塀で囲まれている。そして正面から邸の入口にかけて、石造りの外灯が規則正しく並んでいる。いかにも上流社会の貴族が好みそうな俗っぽいものであった。

これでも邸の当主は地方ということで控えたらしいのだが、邸内に遠慮はなかった。ロココ調の室内装飾・家具類には目をみはるものがあった。象牙やシカの剥製などのコレクションもいい趣味をしていると、上流階級の人々には感じられるであろう。

セイは、フルハウス邸の正面をくぐってから自転車を降りて、裏口に向かって引き始めた。

ディメーとの約束の時間は三十分も過ぎていた。

「兄さん！　遅かったたな。それでバルジさんの方はどうだった？」

セイは上から飛んできた声の主、カイ・ライツの姿を探しながら上を向いた。カイは二階の窓を拭きながらセイを見下ろしていた。その容姿は一つを除いてセイにそっくりであった。

つまりセイとカイは双子の兄弟なのである。

二人は一卵性双生児のためその容姿こそ瓜二つであるが、カイには左目の下に泣きボクロがあるので見分けることができる。もちろん二人ともそのセンスは異なる。どちらかといえばカイの方が流行に敏感なタイプであった。故にカイの方が女の子の受けがよかった。

セイとカイはハイスクールの長期休暇中に、フルハウス邸でアルバイトをさせてもらっているのだ。仕事といえば専ら雑用が主だが、フルハウス家が管理している牧場の手伝いもしている。特に羊の放牧に関しては、二日に一日は二人に任されていた。時間は午前七時から午後四時までで、週二回休みであった。

「ああ、寄ってきたよ。注文しといた部品、二、三除いて揃っていたからバイトが終わったらとりに行こうぜ」

「全くバルジさんもいいかげんだな。でもそれってちょっとまずくないか。今日はこの後パーティーに参加する約束だったろ」

「しまった！　ついそっちのことを忘れていたよ。バルジさんのところにも約束してきたし、どうしようか」

「兄さんの悪いところだぜ。いつもそうだぜ。バルジさんの方は明日にして電話なりを借りてあやまっておけばいいだろう」

「そうしとくよ。ディメーの方が怖いしな」

二人とも声は出さないようにして肩で笑う。

ワン、ワン、ワン！

ハスキー種の大型犬が勢いよくフルハウス邸の門をくぐって走り込んでくる。

突然の来訪者に驚きつつもセイは振り返って、犬の後からくるであろう人影に注目した。

少女の走りに呼吸を合わせて少年と少女が駆け込んでくる。セイは自転車を立てて、飛び込んできたハスキー犬を抱きかかえて、二人に視線を向ける。

「シャーベック……セイさん」

背筋をピンと伸ばして立ち止まった褐色の肌の少女が細い声を漏らす。歳は一一歳で、あどけなさが表情いっぱいにあった。

間の必要なしゃべり方をするおっとりとした少女であった。シャーベックと呼ばれたハスキー犬はセイを一通り舐めつくしてからその少女ハンナ・セネシュに走り寄っていく。

シャーベックがハンナに飛びつくのを遮るように割って入った少年、アレフ・クラリオンはシャーベックを抱きとめて頭をかるく小突いた。ハンナではシャーベックを受けとめるだけの力強さをもっていなかったからである。

「遅かったじゃないか。ディメーさんすごく怒ってたぞ。また寄り道して、少しは大人になれよな」

生意気な口調でセイを毒づいたアレフは、シャーベックの首輪を握って伏せさせた。

「……アレフ、失礼よ」

ハンナはかすかにそんな言葉を口にした。

ためらいのある口調にもどかしさを感じさせる。

「よけいなお世話だよ」

セイは自分より六つも年下の少年にいさめられてむっとした。

このアレフという少年はフルハウス家の遠縁の者で、リトルロンドンの下町で暮らしており、ときどきフルハウス家の番犬であるシャーベックの散歩や町への買い出しの手伝いなどをしていた。ハンナはいうなればアレフのガールフレンドとでもいえた。二人が一緒にいる姿はよく目にする。

セイはアレフ達を無視するようにしてカイに声をかける。

「カイ、それで客人はもうきているのか」

手を休めて眼下のやりとりに、にやにやしていたカイは急に話をふられて反応に一瞬の間を必要とした。

「ああ、もうきてるよ。予定より早かったみたいだよ。兄さんも荷物を置いて、挨拶してきた方がいいんじゃないのか。それにディメーにもさぁ」

カイの言葉が終わらないうちにその声は飛んできた。

「そういうわけだったの。どうりで遅かったはずよね」

正面玄関の扉が勢いよく開いて腰に手をすえて仁王立ちするディメースター・フルハスことディメーの姿があった。

「ディメーさん！」

アレフは頬を赤く染めて憧れの眼差しを彼女に捧げた。ハンナが彼の袖の端を握る。

「ディメーさん。シャーベック、今日も調子いいですよ！」

「え、ええ、ありがとうね。アレフ」

ドアの内側で聞き耳をたてて出るタイミングを見計らっていたディメーは、およそお嬢様らしくない行動ができるお嬢様であった。

ディメーは眉をしかめて、

「あなた達は私のところにアルバイトにきてるのよ。こんなことなら変に格好なんてつけないで、さっさと私の投資を受ければよかったのよ」

痛いところを突かれたセイは、苦笑いを浮かべていた。

「立ち聞きなんて。聞き上手ってのは誉められるけど、聞き耳立て上手なんて人にいえることじゃないな」

ディメーの眉が揺れる。

カイは反論できずにいるセイを見兼ねてわざと彼女の機嫌を逆なでるように冗談めいた発言をする。

「横からうるさいわね！　あなたこそいつまで窓を拭いてるのよ。会場の準備を手伝いなさいよ。全く役に立たないわね」

「おいおい、俺の体は一つしかないんだぜ。ディメーこそ無駄なドレスアップなんてしてないで、手伝ったらどうだよ。自分が主催しているんだろう」

「失礼ね。ちゃんとそっちもしてるわよ。でも許せないわ。女性のドレスアップを無駄だなんて、ちょっと降りてきなさいよ！」

「勘違いするなよな。女性のドレスアップが無駄とはいってないぜ。ディメーのがっていってるのさ」

「なんですって！」

二人のたわいのない言い合いはいつものことなので、セイもアレフ達もそしてシャーベックでさえあっけにとられた様子で見つめていた。

喧嘩するほど仲がいいとはよくいったものである。しかしセイは二人のやりとりを少し羨ましいと思っていた。彼も今年一七歳の男性である。少年から青年に変わりつつある年頃であり、微妙な時期である。当然、異性への興味はつきない。

自然と視線はディメーの方へと向けられる。

ワインレッドの髪にかるくウェーブをあてているディメーはいかにも良家のお嬢様という感じがする。そして鼻筋のすっと通った顔だちからも、彼女がハイスクールでも人気者であるということが窺える。

ディメーは、ハイスクールでは上学年の優秀生が任命されるプリフェクト（教師の代わりに補助的な指導に当たる）にも任命され、下学年の生徒の世話もやいている。流行にも敏感でファッションにもうるさい。

別段、高級品嗜好というわけではないので高価な物もめったに身につけはしない。とはいえ、女性らしい多感な感性と目移りは持ち合わせているので、ドレスや小さな装飾品の類いは集めている。厳格な父を持つ彼女は、人に好かれるということは尊いことであると潜在的に認識できていた。故にその端整な容姿と合い重なって彼女の姿をより輝かせて人の目に映すのである。しかし、カイにいわせると気が強いということが残念になるらしい。

要するに、あの体つきで人を言い込めるだけのパワーを持っているので負けそうなのである。だがそれはセイにとっても、カイにとっても、いやティーンエイジャーにとって悪いものではなかった。

むしろうれしい認識であった。

「何を大声で騒いでいるんだ。ディメー、お客様もきているのだからはしたない真似は控えてくれよ」

フルハウス邸の正面玄関の扉が開いて、ディメーより五歳上の兄のマルコ・フルハウスが姿を見せる。外の喧騒に触発されてやってきたのである。彼はすらりとした長身の青年で出会う人々はみな好印象をまず抱く。

本来なら彼は父であるルフォルト・フルハウスとともに、大ロンドン《グレーター》で暮らしていてカレッジに通っている。このリトルロンドンの邸宅には、普段はディメーと執事のケディス・プランクトンと二人のメイドが暮らしている。しかし、ちょうど長期休暇（七月～九月上旬）に入ったためマルコは帰郷していたのだ。

二人の父ルフォルトは地方官としてこの地に赴任したが、その実績が認められイギリスの中央委員会に有望視される外交官として大ロンドンに転属させられたのである。母のシーメール・フルハウスは、高名なピアニストでイギリスの主要都市をもろもろに巡ってコンサートを開いている。故に自宅のあるリトルロンドンの町には年に二、三回しか帰ってこなかった。

セイとカイはそのフルハウス家のディメーとハイスクールで同級生であった。

マルコは傍らに一人の美しい少女を連れていた。

セイはその少女の顔を見てはっとする。その少女の方もセイに気づいた様子で、目を丸くして驚きを見せていた。そして少し俯いて顔を赤らめていた。

「ごめんなさい。ついのせられて――」

ディメーはカイの方にキッと一瞥をくれてからマルコに対して素直に謝罪を示した。

カイはすかしたようにして怯える子羊の真似をしていたのだが、ディメーには無視されていた。ハンナだけはそれに気づいて小さく笑っていた。

「セイ君、帰っていたのか。あ、そうそう紹介がまだだったね。こちらが今日から我が家で同居することになる――」

マルコはそういいかけて、傍らの少女の肩に手を添えて自己紹介するように彼女に促した。

「初めましてアイセーラ・ウル・ホロスコープです。これからどうぞよろしくお願いしますね」

「は、はい。僕はセイ・ライツ。よろしく」

セイは声がちゃんと出ていないような気がして焦った。アイセーラの「初めまして」の示す意味を計り兼ねたがなんとなく察することはできた。

アイセーラは気まずさと照れの両方の意味と少しねらって使ったのである。

セイはアイセーラとのこんなにも早い再会に、これからを期待させるような予感を抱かずにはいられなかった。上品で清楚な感じのするアイセーラにみんなが好印象を抱いているのは、その場の空気で悟ることができた。ただ、ハンナだけはアレフの後ろに隠れるかのように、後ずさりして観察していた。

「今夜のパーティーでは彼女がヒロインなのよ。それと、アイセーラさん。お部屋は気に入ってもらえたかしら」

「ええ、おかげさまで。みなさんがとてもよくしてくださるので感謝しています」

落ち着いた物腰で話すアイセーラにディメーは好感を持ってさわやかにほほえみ返す。

「ほら、セイ。いつまでも彼女に見とれていないで、自転車の荷物、私も手伝うから運びましょ」

「ディメー！」

セイは慌てたので思わず大きな声を出してしまった。

「まあ！」

アイセーラは恥ずかしそうに感嘆の声をあげる。カイはため息をついてやってられないなというふうに、雑巾をバケツに投げ込んで窓拭きを終わりにした。アレフもハンナを促してシャーベックを犬小屋へとつなぎにいった。

「私にもなにか手伝わせて下さいませんか」

アイセーラはごく自然にその言葉を口にしていた。


ファンの回転音と重厚な機械の作業音が閉じられた空間に響きわたる。汗と油の臭いが混ざり熱風が空気をよどませている。時折火花が散り、一瞬だけ辺りをパッと照らす。

この工場の主バルジ・ヘルムはライツ兄弟がせわしく話しかけてくるのを仕事の片手間に聞いていていた。

「よぉ、バルジのおっさん！　ちゃんと聞いてるのかよ」

「おっさんはやめろ！」

太くつぶれた声で一喝する。バルジの機嫌を損ねたカイを小突いてからセイは、もう三度目になる話の続きを始めた。

「バルジさん。とにかく来週までに必ず揃えて欲しいんだ。リストはここにあるとおり。見てくれればすぐに理解できると思います」

さっきからずっと差し出しているが、いっこうに受け取ってくれないでいるリストをセイはさらにバルジの前につきつける。

バルジはセイからリストを無造作に受け取り、ライツ兄弟をさっさと追い返してしまった。いつまでも長くいられると、つい余計なことを言ってしまいそうで怖かったからである。相変わらずの無愛想な表情を崩さず、月日をかけて蓄えた口髭をこれまたごつく太い指で弄びながらリストに目を通す。彫りの深い顔がさらに深まる。皺の数だけ彼はあの時から歳をとった。

今年の一一月で六二歳になる。そろそろ節々がいうことをきかなくなってくる。特に物忘れはひどくなる一方で、時には昨日のことさえ忘れてしまうことがある。しかしあの時のことだけは今も脳裏に焼きついている。そして、彼と過ごした日々は今も走馬灯のように浮かんできている。机の上の眼鏡を取ってかける。

「ホフッ、蛙の子は蛙か」

見やすく、的確に必要事項を図で説明し、いくつか彼の教えた範囲外の技術面に関してまで、事細かく指定している。難をいえば視力の衰えたバルジに対して字が少しばかり小さいことであった。リストを見ただけでもその知識への貪欲さ、そして成長の急速な伸びが窺える。バルジがライツ兄弟に飛行機について教え始めてから四年になる。

そしてあの事件からはすでに五年が経つ。

キリュウ・ライツ、つまりライツ兄弟の父は遠い異国、東の果ての島国である日本で生まれた。大学院に在学中のとき、両親の制止も聞かず単身ヨーロッパにやってきた。彼は大学で日本においては後進的な分野である航空力学を専攻していた。バルジはかつて、キリュウにどうしてこのヨーロッパにやってきたのかを尋ねたときに彼は自分のことをしぶしぶ教えてくれた。もともと自分の生い立ちについては話したがらなかった。

しかし酔わした勢いで一度だけ、その答えを垣間みたことがあった。どうやら時代は、彼の研究を戦争方面に利用しようとしたことからの対立や徴兵されることを嫌ったためであるらしかった。それでは脱出じゃないかというとキリュウは「脱皮さ。日本という国からのな」といって妙にカッコつけていた。

この時代のヨーロッパはまさに、世界の文明の頂点に立ち絶頂期であったといえる。特に発明、発見は盛んでさまざまな分野で今日まで続く有益な品々が揃っていた。かつてイギリスのエリザベス女王の時代、コロンブスやマゼランなど誉れ高き武勇を備えた航海士達が、新天地を求めて旅立った大航海時代と呼ばれるロマンがあった。

一九〇〇年、初頭からライト兄弟、サミュエル・P・ラングレー、ルイブレリオ、ファルマン兄弟を代表とする才知溢れる男達が頭上に輝く空を目指した。彼らは既成の気球や飛行船をさらに前進させた動力飛行によってより速く、遠く、高く飛ぶことを追求した。

あたかも大航海時代に対しての大航空界時代の到来であった。

一九二二年にキリュウは荷物一つで、後先顧みずこの世界に飛び込んでいった。資金の方は、大学まで進学させてくれた裕福な家庭で育った彼に家族が手切れ金として与えてくれた金があったので、最初はいくらか大丈夫であった。

彼は早速イギリスの大ロンドンで自分の飛行機を手に入れて「静雫」と命名した。

水上離脱も可能な機体で特注製であった。

持ってきた資金の四分の三も費やしてしまったのであった。

また大ロンドンでは妻のメリーワットとも知り合い熱愛の末、電撃的に結婚までしてしまった。そうなってくると手持ちの資金だけでは心細くなり、仕事を探し始めた。

彼は大ロンドンから引っ越し、地中海に浮かぶシチリア島に新居を構えた。そこで一九二三年に双子を授かる。セイとカイである。

そして翌年長女シャレルを授かる。

この時、地中海はちょうど飛行機の大ブームであり、レースや遊覧飛行、はては輸送に至ってまでキリュウの力を生かせる仕事があった。

彼はレースに夢中になり片手間に荷物の運搬などの仕事をし、家族五人がゆとりをもって暮らせるだけの金をたたきだした。彼は地中海でもトップクラスに位置し、連戦連勝することも多く、時には腕を買われ軍需物資の輸送までも務めた。しかしキリュウは空に軍が介入してくることに賛成ではなかった。

この時、整備士バルジに出会った。

そして時代の変動の波にもまれた。飛行機ブームも徐々に陰りをみせ始めた。軍は制空権を管理するため、空にまで規律をしき国境を設けたのである。

キリュウはその時から酒に溺れ始め、バルジと朝までよく語りあったものだった。その時の彼の口癖をバルジは今でもよく覚えている。

「空に国境はない。線なんてどこに見える。俺の目にはそんなもの映らない」

バルジはこの気持ちのいい青年にいつもどこか惹かれていて、見てしまう。大切な友人として頑固者のバルジが唯一認めた青年であった。

地中海を追われたキリュウにバルジがついていったのがその証であった。

キリュウのライツ一家とバルジはヨークシャー地方にあるリトルロンドンの町へ一九二九年にやって来る。

ここでバルジは整備会社を創立し、キリュウは粗悪ではあるが、自然をできるだけ損なわぬように地面を平らにならした滑走路を造って輸送会社を始めた。仕事内容として、都市への空便、病人などの輸送であった。鉱夫の町でありながらリトルロンドンやその他の点在する町では、医療機関や交通機関が驚くほど粗末だったからである。この商売はおおいに当たって、一家五人は幸福な日々を過ごした。

しかし運命の日は刻一刻と近づいていた。

一九三五年、バルジの開発した会心作「シーオリオン号」の試験飛行のときである。「シーオリオン号」は従来の同型の動力飛行機より、効率のよい翼幅の広い楕円形の翼を採用し、誘導抵抗（揚力発生に付属して生じる抵抗）とアスペクト比（翼の縦と横の長さの比）を理論上では飛躍的によいバランスで仕上げ、推進力と旋回スピードを向上させた。結果、行動半径を広げることに成功している機体となるはずであった。急患がでたときにその命を救う確率を上げるために、バルジがキリュウに頼まれていた性能向上であった。

空は抜けるように青く、雲一つなかったことをバルジは昨日のことのように覚えている。キリュウは「シーオリオン号」を駆ってさっそうと滑走路を進み始め、今まさに大空へ舞い上がろうとしたとき、いきなり横殴りの突風にあおられ失速し、機体はつんのめって横転してしまったのである。

騒乱狂舞の中、駆け寄ってゆく仲間たちは機体にのしかかられて、くしゃくしゃにひしゃげたフレームから出ている右手を見つけた。その腕を伝わって流れ出てくる鮮血が地面に染み込んでいき、そこだけドス黒く濁っていった。

バルジやセイがコックピットを覗き込んだとき、機体に下半身を押し潰されながらも、まだ意識のあるキリュウの顔を見ることができた。

これが今さっきまでかるいジョークを飛ばしていたキリュウかと思えるほど、その表情は青ざめていた。キリュウは、信じられないという顔をしているバルジを優しく見つめ返すだけであった。その唇がわずかに動く。しかしひしゃげたコックピットは狭く、彼の顔の側まで近づくことができなかった。この時ほど図体ばかりでかい自分をバルジはもどかしく思い呪ったことはなかった。

その時、メリーワットの制止も聞かずセイがひしゃげたコックピットに滑り込んでいった。バルジは慌てて二次災害を避けるためコックピット上部のフレームを両腕で支えた。

セイはキリュウの側まで這い寄り何かキリュウの最後のメッセージを聞いたらしいが、後で尋ねてもずっと黙って瞳に涙を浮かべているばかりであった。

セイとカイは母メリーワットの反対を押し切って、自分達も飛行機乗りを目指すためバルジのところに相談しにきたのである。キリュウを失って失望感に満たされたものの彼によって呼び覚まされた情熱は消えず、その後、キリュウ飛行場とバルジ製作工房と並行して経営を続けていた。

現在でも敷地内の倉庫の一つに、「シーオリオン号」が眠っている。キリュウ飛行場では、大ロンドンをはじめとする都市との物資の輸出入を主に行っていた。そして現役から退いた彼は養子のギュトー・ヘルムにそれを受け継がせているが、いずれは共同経営者として名を残しているキリュウの血を受け継ぐライツ兄弟に任せるつもりでいた。だから今まで導いてきたのである。

バルジは熱い紅茶をティーカップに注いで愛用の葉巻に火をともした。

「思い出に耽るほど、歳をくっちまったか」

背もたれにどっぷりと体を預けて、一人小さく呟くバルジのいかつい肩が小刻みに震えているようにみえた。

フルハウス邸内の二階のアイセーラの部屋に面した廊下で、手さげ鞄をさげたセイは待たされていた。

カイとディメーの二人はハイスクールに行っており、この場にはいなかった。二人ともハイスクールの演劇部に所属しており、夏期休暇とはいえ定期的な活動は行っていた。秋に開かれるオータム・フェスティバルでの発表会に向けての準備と練習のための会合が、たとえ休みであっても開かれていたのである。ディメーは初めてヒロイン役に抜擢されたのではりきっていた。ちなみにカイはあまりいい役をもらえなかったらしく、不平をセイに洩らしていた。でもそのおかげでセイは今日のアルバイトは昼までで終わりにし、アイセーラにお茶に誘われたのである。

約束の時間より少し早くきてしまったのと彼女の部屋で今、彼女に付き添ってきた専属の執事トリューヌ・ボロが話をしているので、ジム・カンダンテというアイセーラの付人の背の高い青年に廊下で待つように告げられたのである。

ジムという青年は見あげるような上背でセイを圧倒したが、とりわけて今は興味の対象ではなかった。それよりも見慣れてきたフルハウス邸の同じ邸内でありながら、アイセーラの部屋を中心としたこの一角では空気に質感があるように感じられたことが気になった。

アイセーラとともにリトルロンドンに付き添ってきた専属の執事のトリューヌ、メイドのケッサリア・シューハという若い女性、ボディガードのジムがフルハウス邸に一緒に住み込みを始めていた。

セイは一種の監視に似た感情を抱いたが、理由を詮索するほどの大人の余裕はもっていなかったし、想像つかないことでもあった。彼女の歓迎パーティー以来、彼女とはゆっくりと話らしい話しをする機会がなかったこともある。故に、アイセーラの素姓や両親はどうしたのかということも本人に対して切り出しにくい話題だとして口をつぐんでいた。デイメーによるとアイセーラの両親に不都合があって、こちらへくる予定の見通しはないと聞いていたからである。でも正直にいうと、余計な詮索をして彼女に嫌われてしまうことを一番恐れたからである。しかし本日、お茶に誘われたことには大変期待を抱いていたし浮かれもした。

セイにとってはやっとだが、アイセーラの部屋のドアが開きトリューヌが重々しい足取りで出てくる。セイとすれ違いざまに彼は一瞥をくれ「どうぞ、アイセーラさんがお待ちです」と言ってエントランスへと続く階段を降りていった。セイは少し間をおいてから襟をただしてドアをかるくノックする。

「どうぞ」

確かなアイセーラの声がドア越しに聞こえてくる。

セイがアイセーラの部屋に入室したとき、彼女はバルコニーに出ていた。アイセーラはバルコニーに運んだ肘かけのついたイスに腰かけ、物思いに耽っている様子であった。

午後のバルコニーは、庭に植えてある大きなブナの木のつくる陰に覆われ、陽射を遮ってくれるので、見ためほど悪くはない場所であった。

セイの視線はアイセーラの姿を追う。

バルコニーと室内を隔てるレースのカーテンをふわりと分けて、その姿を披露したアイセーラにセイはクギづけになる。

陽光で映える彼女のブロンドが眩しく流れる。しかし三日前のパーティーのときに見せた屈託のない笑みをもつ、快活な彼女の姿はそこにはなかった。おしとやかな振る舞い、その仕草に元来彼女が持ち合わせている気品を漂わせていた。さらにセイを見つめるアイセーラの瞳は、明らかな蔑視の色で塗り込められているように感じられた。

アイセーラはセイの不信そうな表情に気づいて少し慌てた。

「ごめんなさい……」

アイセーラは今の自分をセイに見つめてほしくなくて彼の視線から逃げるように少し俯きかげんでか細く言った。

「……？」

セイはこの時初めて、アイセーラが陰を持つ少女だと悟った。

「ごめん……忘れて、今のことは……」

アイセーラは目を伏せたままそう言って、セイの彼女に対する、おそらく当惑を抱いているはずである顔を見ないようにした。そして少し深呼吸をしてセイに対して理解に苦しむ態度をしてしまった自分を落ち着かせ心を切り替えるように努力した。

セイには彼女のそんな姿が妙に健気に見えていた。アイセーラをとりまく環境といったものが普通でないことはわかる。

『彼女は特別なのだ』と。

アイセーラ専属である執事のトリューヌ、ケッサリア、ジムの存在はアイセーラに対するセイ達の気持ちの壁になり得るのに十分な理由を与えてくれそうだったからである。

アイセーラ自身にもそれはどこかで強いられているのかもしれない。

「……どうしたの。席にどうぞ。セイ君」

穏やかさを回復させたアイセーラに笑顔が戻っていた。

セイは白いテーブルクロスのかかったテーブルの席に腰をかけた。アイセーラも席につく。

『こだわることはないか。僕の前に今は彼女はいてくれるのだから』

セイもまた気持ちの切り替えを済ませていた。テーブルの上に銀のティーポットと二つのティーカップ、そしてお茶菓子が置かれていた。

アイセーラは慣れない手つきでセイのために紅茶を入れ、彼の前に「どうぞ。楽にしてくださいね」と言って置いた。セイは礼を言って一口だけ口にする。

セイは、急に今この部屋にはアイセーラと自分だけしかいないことを改めて意識してしまいソワソワし始めた。こういう状況にあまり慣れていない自分を呪いつつも、黙ってるわけにもいかないので頭の中で話題を探しつつ、部屋の調度品や窓の外の景色に視線をやったりして、なるべくアイセーラから視線をはずすようにして胸の高鳴りを鎮めようと努力した。

「今日は迷惑じゃなかった？」

「……ううん」

セイの言葉は硬かった。

「急にこんなふうに誘ったから変に思われているかなって」

「そんなことない」

セイはまだ視線をはずしたままであった。

内心、意に反して素っ気無い態度をとっている自分が疎ましかった。

アイセーラはかるくはにかむ。

「ねぇ、セイ君はどうしてアルバイトをそんなに熱心にしているの。何か欲しいものでもあるのかしら」

アイセーラはソワソワしているセイに、自分もそうだけどこういう雰囲気が苦手で、慣れていないし、また変にすれていないところがなんだか自分に重なっておかしさをちょっと感じ、口元がゆるんでしまった。そして結構引きずるタイプである自分を自覚しつつも、作り物ではない本当の自分の表情を出すように心がけていこうと思った。だから話題に躊躇しているセイに代わって、話を切り出すくらいの機転が回り始めたのだ。

「う、うん。僕の趣味っていうか夢にはお金がかかるんだよ。家はそんなに裕福でもないから、なるべくそういったことは自分でしなくちゃいけないんだ」

セイはやっと落ち着いてきていた。アイセーラの方から話題をふってくれたので内心ホッとしていた。女性を上手にリードできないことは、男として恥ずかしいことかもしれないけれど、何事も経験さと思うことで自分を慰めた。それよりもアイセーラの機嫌がさっきよりもよくなってきたことを把握できたことがうれしかった。

「ふ〜ん。趣味ね。でもそんなに資金のいる趣味ってそうあるものかしら」

訝しげなアイセーラの表情にどういった思惑があるのかセイにはわからなかった。

「グライダーさ。それに動力飛行機の製作。もちろん一人でやるのはとても大変だけどいろいろってもあって、なんとかがんばってるところだけどね。とにかくお金がかかってしょうがないんだ――」

セイは唇を舐める。

「――正直、驚いたわ。それって空を飛びたいってことなの」

「そうだよ。父の影響っていうのもあるけどやっぱりこれは………照れくさいけど、僕の夢なんだと思う」

「とても素敵な夢だと思うわ！」

アイセーラがうれしそうな声をあげたので、セイも心が踊るような気持ちになってきた。

「僕の父さんは飛行機乗りだったんだ。かつては地中海でもその名を馳せたほどの腕の持ち主で、そんな父の背中を物心ついた頃からずっと見てて、染められたっていうか憧れて、気がついたらもう夢中ってやつだったんだ」

「――私もセイ君のお父さんに会ってみたいな」

「……そんな父さんは夢の中で逝ってしまったよ」

「……ごめんなさい。私、気がつかなくて」

アイセーラはセイの言葉が過去形だったことに気づいて、至らない自分の発言に恥ずかしさよりも素直な心からの謝罪の気持ちが先行した。セイも彼女のそんな気持ちを汲んでこういうときの対応はきちんとしておかねばならないと思った。

「父さんのことを君に話すのは今が初めてだったね。そんな父さんはまた僕にいろいろなものを残してくれたんだよ」

セイはさげてきた鞄の中に、話題につまったときに使うためにあらかじめ用意しておいた本のことを思い出していた。テーブルの上に鞄を置いて、その中から厚みのある数冊の本を取り出してアイセーラの前に差し出す。

不思議そうに見ていたアイセーラは、勧められるままに本を一冊手にとってみる。

「……自伝かしら？」

「そうだよ。父さんの形見っていうと大袈裟だけど、偉大な先人達の自叙伝さ。今、君が手にしているのはライト兄弟の物だね。机上のものかもしれないけれど本が与えてくれる夢とか憧れって、僕達の世代にとって重要な位置を占めるものばかりだと思うんだ。だから僕にとってこれらの本は、父さんから教わったことをさらに補ってくれて膨らますことの手助けをしてくれた恩人みたいなものかな。確かな広がりはあったからね」

「へー！」

アイセーラは感銘を受けたのと同時に失礼だが、こういう田舎にも物事をはっきりと形にして口に出せる同世代の人がいることはうれしかった。

彼女は改めてそれらの本を手にとりページに目を走らす。何度も何度も読み返してあるので角は丸みを帯び擦り切れ、表紙の題や著者の名前も薄くなっていて、中のページもかなり黄ばんでいた。自伝以外にも技術別のマニュアル等が多数あった。

アイセーラが興味心にまかせて、あれこれ質問してくるのでセイもつられてそれを彼女にもわかりやすく的確に一つずつ解いていった。彼女の知識欲はセイに負けないぐらい過激であった。

小一時間近く話し込んでしまっていた。アイセーラがあまりに熱心に尋ねてくるのとセイ自身もつい熱くなってしまって二人とも聞き足りない、説明しきれないといったふうで熱く盛り上がってしまったのだ。またアイセーラが大変聞き上手だったこともつけ加えておく。

「もう五時だよ。僕、もうそろそろ――」

「え、ええ、そうね。少し残念。でもディメーさんももう少ししたら帰ってくるでしょうしね」

「一つ聞いていいかな」

「なに?」

「どうしてっていったら変なのかもしれないけれど、僕の夢語りにつき合うっていうか、その、いくら興味深かったからって専門的な領域への君の知識欲ってどういうものかなって思ってさ」

「……」

アイセーラはゆっくりと立ち上がってバルコニーへと足を運んでゆく。黄金色の夕映えが彼女の頬に投影される。そして空を見あげる。遠くで鳥のさえずりが聞こえる。セイは彼女の一挙一動を見逃すことなく息をのんで追いかけていた。

「……私自身、大空を鳥のように羽ばたきたいっていう——憧れは小さい頃にね。だって空ってとても広くずっと向こうまで続いてて、そこには私の知らない空があって、それを見あげる私の知らない人がいる。なんかそういうの想像するだけで気持ち良さそうな気がしない? こうバァッとさぁ」

アイセーラは胸を張って両手を気持ちよさそうに広げる。

「でも、憧れは憧れのままが綺麗……。そういうのなんだか恐いってふと感じるときがあったの。だから今まで夢中になれるものってよくわからなくて、でも、その、違うの。急になんだかあなたが羨ましく思えたの。こんなの初めてで。これって触発されたっていうのかな。そしたらくやしいからもっと知ってやろうって——」

振り返りざまにパッとブロンドが広がり、アイセーラはセイに対して恥ずかしさを隠すように指で前髪を揃えて遊んだ。

セイは思わず口をつきそうになる言葉をのみ込んだ。

「そしてひらめきがあったの。無知であっても無能であってはならないって。人は新しい世界に飛び込んだり、自分が全く知識を持っていないことに接するとどうしても躊躇し、さらに恐れたりもするわ。でもそれは当然であり人が生きていくうえで、無知つまり無知識の事象に遭遇することは連続的に起こってくると思うわ。だからこそ、それを恐れず吸収していく努力が必要なの。それらを吸収してからこそが本当に大切なのよ。それを生かすことがね。でも、わかってはいてもそれって難しい」

アイセーラは視線を投げる。

セイは彼女の言いたいことを正確に理解していた。故に解放というわけではないのだが、なにかをしてあげずにはいられないという優しい感じ方を覚えた。

「わかるよ。だから君は僕の夢に触発されたって言ったけど、それによってくすぶっていた空への夢、そして知識のなさから新世界への冒険心こそあれ、きっかけがつかめないでいたってことだろ」

「ふふ。あなたにはかなわないわね。私にはすぎた望みかもしれないけれど、いつまでもこのままじゃきっといけないよね。次のステップも踏んでみたくなったわ」

「それならいい方法がある。来週の週末僕達はヨークシャーの丘でグライダーの飛行テストをするんだ。それでタンデムフライトってのがある。どうだろう？ 一緒に空を飛んでみないか」

「本当！ でも――」

「何をためらうことがあるのさ。さっき自分で言ったじゃないか。ほんの少しの勇気を信じればいいんだ。次のステップを試そう、体験ていうね」

「それでも……」

「君ならきっと大丈夫。僕が保証する」

セイはアイセーラの今感じている気持ちを揺らがせたまま終わりにしたくなかったから、彼女に対して押しの強さというものを示してみせた。それはアイセーラには新鮮に受け入れることのできるものであった。

「ありがとう。私、セイと一緒に飛んでみたい。そして見てみたい。あの空の中に何が見えるのか。お願いします。私を連れていってください。………なんか恥ずかしい。私もあなたも」

「ああ、くさいこと言い合ってたね。でもとっても楽しかったよ」

セイとアイセーラの瞳に輝きが満ちる。

「クス！」

「ハハ！」

二人は顔を見合わして声をあげて笑い出す。

笑いながらセイはテーブルの上の本を整理してアイセーラの手にずしりとのせる。

「それじゃ、宿題。この本を貸しておくからよく読んで勉強しておいてくれよ」

「え！　でもいいの。これ大切な品々では」

びっくりして遠慮がちにアイセーラが尋ねる。

「くさいセリフをおまけさせてもらうよ。本は一人のものじゃない。多くの人々に読まれてこそ、その真価を問えるし、それが本自身の喜びだと思うよ」

セイの思いやりのある言葉運びにアイセーラはうれしさがとまらなかった。

興奮した。

悲しみで枕を濡らす夜はいく度もあったが、今晩は込みあげてくるおかしさを思い出し、堪えて、枕を濡らすことになるだろう。


「いいわね」

それが彼女が校門をくぐって洩らした第一声であった。

ハイスクールのキャンパスは思っていたよりもゆったりとして広々としていた。グランドも整備されていた。ステンドグラスをはめ込んだ高窓を備える立派な講堂もあった。校舎もその造りこそ少し古めかしい感じがするのだが、害するものでもなくむしろ落ち着いた雰囲気を保っていた。木造の校舎と近年建築された赤レンガ造りの校舎との対照的なコントラストも、おもしろく味のあるところを感じさせてくれた。

正午までにはまだ少し時間があったので、グランドで夏期休暇中のクラブ活動に熱中している生徒たちが、午前中の最後の仕上げに声を張りあげているのが聞こえてくる。

アイセーラはトリューヌに連れられて、夏期休暇明けからセイ達も通うリグ・マリアハイスクールの入学手続きにきていた。

アイセーラは校長室にて学校長と転入予定のクラスまで決まっていたので、その担任との簡単な面接を済ませてから、学校の紹介やら歴史やらを三十分ほど聞かされた。

とどこおりなくすべてがあらかじめ決められていたのでスムーズに進み、トリューヌ達の下準備が行き届いていることを彼女は理解していた。そこまで根回しされる彼女はただの一介の転入生ではないということが窺える。

さらにトリューヌからはハイスクールに通う条件として通学時、下校時にはジムかケッサリアのお供つきでお願いしますと念まで押されていた。疎ましいと思いつつも今の自分の立場上従わざるを得なかったし、我慢すべきところでは我慢しようと決めていた。

彼女はこれでもかなり気を遣ってくれているのだ、と自分自身を納得させて場を乗り越えてきたのである。

本来ならハイスクールに通うことなど許されずに家庭教師で済まされるところであったのだから、そういう点でのトリューヌの働きかけには感謝をしていた。

ことなく手続きを済ませてから少し構内を案内してもらい学校を後にしたのは午後二時をまわっていた。学校長にお茶の誘いを受けたが、それをトリューヌが丁重に断って一行は帰路に着いた。

アイセーラはフルハウス邸に帰っても、まだセイ達はアルバイト中だし、ディメーも今日はピアノの習い事からきっと帰ってきていないだろうから時間を持て余してしまうなと思っていた。つまらなそうな色を瞳に宿した彼女に、感度の鋭敏なケッサリアはそれに気づいて一つの思いつきを口にした。

「あのトリューヌさん。このままただ帰るのもなんですしどうでしょう、お茶も兼ねてショッピングに出かけてみませんか？」

「!?」

トリューヌは険しい表情をしたが、ケッサリアは強気に続けた。

「このところいろいろ忙しかったので、そういうゆとりを持てなかったですし、日用品も不足しています。それにアイセーラさんのご洋服も新しく見立ててあげたいのです。夏物が少ないので」

「本当！　ケッサリアさん」

やや蓮っ葉い態度でうれしさを露にしたアイセーラは、重い気分が晴れてゆくような気がしていた。

「……まだ勝手はきかぬであろう。今日はやめておいてくれ。このまま真っすぐ帰ってもらいたい」

「勝手がきかないから少しでも下調べは必要でしょう。もしも、いえもしもはないと思いますがそれなりの対応策も必要でしょう」

「そうですね。僕もこの町の地形を少しでも頭に入れておきたいです。ガードするうえで何かと必要になってくると思いますし、そういう下調べは早いほど成果のあがる確率が増します。万一の備えではありますが」

トリューヌに対するケッサリアの談判にジムが助太刀をする。

アイセーラはトリューヌが反対することはたやすく予見していたので、彼にもっと鷹揚であってほしいと思った。

「さらにアイセーラさんにも、そして我々にも息抜きが必要だと思います」

腕組みをしていたトリューヌは難しそうに考えていた。

「ケッサリア、君は考えが少し浅はかだな。しかしさまざまな状況においての女性の抱く感情は私にはわからん。ショッピングや気持ちの解放、つまり休息が必要というのなら、あまり反対するわけもいかぬか。私自身過敏になっているところは多少ある。よろしいでしょう。しかしなるべく早く帰ってきてもらいたい。それだけは約束してくれ」

「ええ、お気遣いありがとうございます。でもトリューヌさんは一緒に行かれないのですか？」

「この日差しの中、外を歩き回るのは好みとするところではないのでな。それに君とジムの二人がついていてくれるのなら心配することなど何一つないであろう」

トリューヌは皮肉の一つでも基本的に言わないと、自分を納得させれない性分なのであろうと感じつつも、態度が軟化していたのでケッサリアは内心驚いていた。

疲れのせいもきっとあったのである。

『トリューヌにせよ、ケッサリアにせよ、言い方一つで人はこうもたやすく左右されるものだ』

アイセーラは大人のやりとりを側で見ていてそういう感想を抱いた。素直に表現したくないのだなと思ったのである。

『合理性を求めた一辺倒的な考え方は糾弾される可能性があるので改めねばならないな』

トリューヌは頭の中で彼らしい言葉を操って自分を諌めた。そう簡単に変われないとわかってはいても、そうせずにはいられないのが大人である。それにトリューヌ自身、気疲れが溜っていたので彼女らのいう解放は彼にこそ必要だったのである。

そういうことには全く気づけないのがアイセーラのまだ少女たるゆえんであった。しかしあまり詮索できるというのも考え過ぎであった。

そういうことすべてを内包してはいても、今の彼女には思っていたよりもすんなり事が運んだうれしさを隠せないでいる方の感情が強かった。

いつになくはしゃいでしまったのである。

女の子にとってショッピングとはそれだけ価値あるものなのである。そんな女性二人にこれから付き合うことになるジムの気疲れは増しそうであった。

「まずは新しい夏用の服を何着か見立ててもらってよろしいでしょうか」

アイセーラの声が弾む。


不思議なくらいに丈を揃えた草花が涼風に揺られてゆるやかな波をたてる。草花達はまるで数万の鏡を並べているかのように一身に暁光を浴びて銀色の輝きを放ち、そしてさらなる輝きの広がりをみせていた。その様相は見る者に万華鏡を彷彿させる。昨夜まで降りしきっていた冷雨の名残でもあった。草花の葉にしたたる水滴がレンズの役割をして光を屈曲させ増幅させているのだ。

「は～い！」

ディメーの冴えた声が霞がかった遠くの山々まで響き渡り木霊する。

週末、セイ、カイ、ディメー、そしてアイセーラ、四人の若者達はヨークシャーの数ある隆起差の大きい丘の中でもとりわけて眺望のいい場所に集っていた。アレフ達も参加するとすねたのだが、残念ながら彼らには今日フルハウス家の牧場での羊の放牧の手伝いが入っていたのだ。

セイとカイの二人はディメー、アイセーラより先行して、まだ小雨の続く午前六時頃から家とこの丘までを往復していた。運ばねばならぬ部品が多く、しかも一度家の倉庫でばらしてから運ぶので手間と時間がかかったのである。そしてようやく組み始めたところでディメー達がやって来たのである。

幸いなことにディメー達がくる頃には、空も晴れ、紺碧の空にゆっくりと日が差し始めていた。そびえ立つヨークシャーの奇怪な段状の谷の風貌と合い重なって、それは創世の叙事詩の一説を見ているような不思議な光景であった。

ディメーとアイセーラはめいめいの手に大きなバスケットを持参していた。二人は昼食を担当していた。故に彼女らも朝は早かったのである。なぜならメイドには頼らず二人とも自分自身で料理を作ったからである。およそ二人とも上流階級のお嬢様の持つ矜持といったものを持ち合わせていなかった。

そういうことも手伝って二人は気が合い、この一週間ですっかり打ち解けていた。

カイはつまみ食いをしようとして、さっきディメーにはたかれた手をパタパタさせていた。

「まだ組み始めたばかりなの？　もう少し時間みてくれればよかったわね」

「ええ、そうね」

アイセーラはセイ達の反応に気を遣いながら少し間をとって答えた。

「なら手伝えよ。勝手なこといってないでさ。大変だからディメーの手でさえ借りたいくらいだよ」

「そんなこと言われても難しいことはわからなくてよ」

「冗談さ。ディメーに何かを期待することがそもそも間違いさ」

「カイ！」

セイはカイに言い過ぎだと促した。

「失礼ね。アイセーラさん行きましょ。彼らは彼らでグライダー組みに時間がかかりそうだし、その辺を散歩でもしてきましょう」

「でも――」

ディメーに手を引っぱられながらアイセーラはセイに視線を送り迷うような挙動をみせる。

「いいよ、行ってきたら。ここら辺には他では見られないすばらしい自然がたくさんあるから」

セイは温かい声音でアイセーラにそう勧めた。アイセーラは申し訳なさそうな表情を和らげながら「それじゃ、がんばってね」、とエールをセイ達に送って、ディメーに連れられるままに散策に出かけて行った。

セイはアイセーラに早くこの土地に慣れてほしいと心から願っていた。せっかく尽力を尽くして執事のトリューヌまで説得して、彼女を連れ出したからにはリトルロンドンやヨークシャー地方を十分に楽しんでもらいたかった。

「――であれがここらでも……」

「ねぇ、ディメーさんはセイ君やカイ君に自分の邸宅でアルバイトをしてもらってるでしょ」

「え、うん、そうよ。でもしてもらってるわけじゃないわ。迷惑だけど使ってあげてるといった表現の方がピッタリよ」

「でもそれって最初、彼らの空への夢への資金の援助をしてあげようとして……それではってことで二人はディメーの邸宅でアルバイトをすることになったのでしょう」

「ええ、二人とも一生懸命してくれるわ」

ディメーの声に笑いが含まれていた。

「だからどうしてって聞くのも変かもしれないけれど、なぜ資金の援助を……」

「――友達だからって答えじゃ納得しないよね。そうねぇ、強いて言えば彼らの夢を形あるものにしてみたいの。それに今しかできないことをしているっていうか、そういう想いがあって、二人の背中を追いかけたくなるのよ。一緒にね。私にはないものをたくさん……たくさん持っているようで——単にないものねだりかもしれないけれど」

「ううん、そんなことない。わかるわ。多分私もそうだから」

「ありがとう。それに私だってドキドキしたい、していたいしね」

隠さず照れ笑いを浮かべるディメーにアイセーラは共感しながら考えていた。「ああ、そうだわ」と思うことでライツ兄弟に興味がいくのは、彼らの持つ夢への探求心に触発されたものだと感じていた。もちろんこれに恋心が加わっていることもアイセーラは自分自身で気づいていたし、今改めて再確認してみたかったのだ。だからディメーの含みのある言いまわしにも自分と同じなんだという共感を覚えたのである。ただ一つ——ただ一つ気になっていることはディメーの想いがセイかカイかということだけであった。

そう考える自分がなぜか悲しかった。

昼近くになってグライダーは組み上がり、後は微調整と風の具合を確かめるのみであった。

全長六・五七メートル、主翼の長さ一五・〇メートル、白い翼を持つグライダー「エレメンタル」。

風見鶏を立てて風速や方向を調べる。最良の天候に変わったとセイは判断していた。

「素敵だわ」

「そうね」

初めて「エレメンタル」の雄姿を見たアイセーラは、感嘆の声を洩らして穴があくばかりに機体を見つめていた。ディメーもまた、いつになく羨望の眼差しを向けていた。

セイは可変翼の調整に思わぬ時間をとられてしまっていた。

カイは初めて飛行に挑戦するディメーとアイセーラに諸注意を促し、姿勢などのレクチャーをしていた。後は本当に風を待つだけであった。

季節特有の薫風が四人の頬を撫で鼻腔をくすぐる。

飛行タイムがやってくる。

最初のペアはカイが譲ってセイとアイセーラのペアであった。いつもながら飛ぶときは、実に心地良い緊張が痺れてくるほどに胸を躍動させる。ましてアイセーラとのタンデムならなおさらであった。

この痺れは恐れと歓喜の両面性をもっている。アイセーラにしてもこの一瞬から何かが始まるような暗示めいたものを感じていた。

「バーの握りを感じてみて」

「は、はい!」

セイの優しい支持にアイセーラは声がうわずってしまう。

二人とも体を支える手前のバーに手をかけて、握り具合を実感として覚えるように念入りに行う。はめている滑り止めのついたグローブの上からもはっきりと感じるために。

そうしておかないと空に出たときの衝撃と、浮遊感で離してしまうことがあるからである。

つまり自分では握っているという錯覚が起こってしまうのである。空は人にとって未知の空間である。故に自分の感覚に頼るところが多く、からだ全体で感じることが大切であった。

空気の流れ、風の胎動といったものを。

二人ともしっかりとベルトが固定されているかチェックした。

「オールクリア!」

カイが最終チェックを終え機体から離れる。

そしてセイとアイセーラは首にかけてあったゴーグルをはめバーを改めて握りしめる。

後は風に合わせて丘の斜面を一気に駆け降りるだけであった。

すべてはたったそれだけのことで始まる。

セイは胸元のアイセーラに視線を送る。

アイセーラは先ほどのはしゃぎようとはうって変わって前方を見据えたまま微動だにし

ない。

風がくる！

「はい！」

セイの一声を合図に二人は勢いよく地面を蹴る。一歩二歩と地面を確かに蹴りしめていた感覚が急にとぎれる。

そして……『消えた』

その瞬間、二人は翼を持つ者のみの領域であった空へ飛翔してみせた。

「エレメンタル」の白いフォルムが空を裂いて上昇していく。そして空という名の大海に優雅に泳ぎだす。二つの魂をのせてうまく気流に乗ることのできた「エレメンタル」は、限りなく上昇していくかのように思われた。

夏場故に比較的薄着をしていたことも幸いして、衣服を透けて肌に直接風の流れを感じているというような錯覚に陥るときもしばしばあった。

肌寒いと思った。

アイセーラも飛びあがった直後は思わず硬直していたけれども、慣れというものは偉大で盛んに歓喜の声をあげているように見えた。

セイには勢いと風圧に遮られて彼女が何を言っているのかわからなかった。アイセーラは、彼女にとって最大級の感動を表現しようとしていたらしいが、風の抵抗もあってうまく舌がまわらなかった。それに気づいたセイは、比較的風圧の穏やかな地表近くを飛行した。高度を下げることによって、アイセーラが話しかけてくる言葉もいくらか聞きとれるようになった。

「空は波をうっているのね。海のように」

アイセーラは高鳴る興奮を押さえられない。

「うれしいよ」

セイは心底そういう気持ちでいっぱいだった。

眼下に広がる草原は、まるでエメラルドグリーンの海のように二人の瞳に映り、陽光に煌めいて銀のさざなみをたてているようであった。

空の海と草原の海。

その狭間に二人は存在している。その神がかり的なまでの神秘性に感動し、夢中になって駆け回った。

セイは彼女が飛行に慣れてきたので、

「もっと上昇しよう！」

「うん！」

セイは上体をもたげて「エレメンタル」の可変翼を操作し旋回しながら上昇をかけた。

…………異変は起きた。

『……おかしい？』

操縦に手違いはないはずなのに上昇がかからないのである。「エレメンタル」の機体が上から、そして下から、いや全方位から押し込められているような感覚が二人を襲う。セイは動揺を押さえつつ焦りからはやる心をも必死に押さえた。アイセーラにしても、機体を波うつ振動に異常を感じていたから、唇をぐっと引き締めて信じることに徹していた。

さらに「エレメンタル」の機体表面に気流の渦との摩擦で生じた磁力が弾ける。バチリとした感覚に二人とも耐える。セイはしっかりと前方を見据え事態の分析を図った。

天と地の狭間が二人を追い詰め始める。目の前が急に真っ暗になる。そして彼方にキラリとするものを捕らえる、いや捕らえた瞬間それはオーロラのように広がる。そして光の微粒子が二人の体を突き抜けてゆく。

「うわっ」

「はっ」

「エレメンタル」は機体をやや左下に傾けたまま重力を失ったように、そうまるで海面に浮いているかのように、その姿勢を保ちつつゆらゆらと揺れていた。気流にのまれた感じのセイとアイセーラの二人をさらにめまいと嘔吐が襲う。耳鳴りも激しい。しかしセイは目を閉じはしなかった。すべてを見据えていたかったからである。

アイセーラもセイの激しい息づかいを接触している背中を通して感じていたが、取り乱しはしなかった。

いやそれよりも、このような空間の作り出すエクスタシーに包まれていた。脳までとろけるような感覚が二人の感情までも操り始めていた。果てしない無限の浮遊感に包まれて二人の魂は飛び続けていた。

そして信じられないような光景を目の当りにする。空間が歪んでいるような錯覚に襲われ始め、それでも意識の糸をしっかりと手繰り寄せようと努めていた二人には、それは幻惑のように思われて仕方なかった。

光描く幻想としか。

彼らを包んでいる光の微粒子が一つの形を成し始めたのである。それは目に見えてはっきりとしてくる。

『人!』

『女……の子』

意識下で二人が同時に叫ぶ。

虹色に煌めく光球に包まれた一人の少女の姿が、二人の目の前に出現したのである。スローモーションをかけたように、虹色の光球は拡大していき二人をのみ込もうとする。

光の中の少女はゆっくりとその瞳を開いて両手を二人へ向けて差し延べる。その瞬間、少女の背後から突風が吹き抜けてくる。しかしそれをものともせず、セイもまた誘われるようにグライダーのバーを離し、その少女を受けとめようと両手を差し出す。セイ自身なぜそんな行動をしたかわからなかった。

『ダメー！』

アイセーラは心の中でそう叫ぶ。理由は自分でもわからなかった。ただそうしなければならないという直感が働いていた。だが、妙に意識ははっきりしているのに指の関節一つ動かせず、バーから手が離れなかった。

光の中の少女はふっと崩れるようにセイの腕の中へと倒れていった。彼女を胸に抱きとめたと思った瞬間、セイとアイセーラの意識の糸がぷつりと切れる。この時バチッという音を耳にしたことをアイセーラはよく覚えている。それから後の記憶はすべて飛んでいた。ただ目覚めると、なんともいえないやわらかい感じが体を包んでいたことを二人とも覚えている。

生温かくてべたつくものに頬を撫でられてセイは目を覚ました。そして驚く。目の前に息の荒い犬の口があったからだ。生の感じに思わず嘔吐を覚える。

「シャーベック！」

シャーベックはセイに名前を呼ばれ、うれしそうに一吠えして距離をとり、うれしさを表現するように彼の回りを駆け回った。

「……どうして！」

セイの体の上に折り重なるように一人の見知らぬ少女が倒れていた。

「こ、これはなんなんだ？」

思考が定まらない中でセイは頭を激しく振ってみせた。

「アイセーラ…アイセーラさんは？」

セイは辺りを見回さずともすぐにアイセーラの姿を視界の端にとらえることができた。ついで左脇に横たわる彼女の頬に赤みがさしていたので無事であることを理解できた。ついでに、「エレメンタル」の白い翼も一〇メートルほど離れた草の上に不時着しているのを確認した。

「アイセーラさん！　目を開けて！」

アイセーラの肩を優しく揺する。喉の奥でもつれるような呻きとともに、彼女は気がついた。

「う、…あ、あなた、誰？」

セイにとって、アイセーラのこの第一声はいろいろな意味でショックだった。彼女は一時的なかるい記憶喪失に陥っているといった具合であった。しかし、すぐにその症状は回復した。

「……ごめん。セイ！　私達いったいい、ん、あれ、その子は？」

二人の視線がセイの膝の上の少女へと注がれる。

その少女は髪の色が澄みきった空の色であった。青いリボンでくせ毛の多い髪を無理に結っているように見えた。透けてしまうような亜麻色のドレスに身を包み、静かな吐息をたてていた。年の頃はセイ達と同じかそれ以下のように見えた。首にかるく巻きつけているリボンから知らない豊かな香りが漂ってくる。

アイセーラは何の香りだろうかと考えたがわからなかった。

その少女は目を覚ましそうになかった。

「兄さん！」

「セイ！　アイセーラ！」

ややあってカイ、ディメーそしてアレフとハンナが二人を捜している声が、遠くから聞こえてきた。

結局、アレフ達もシャーベックを連れてヨークシャーの丘に登ってきていたのである。

そのおかげでシャーベックによってセイ達は発見されることになった。

翌日セイはバルジの工場に寄ってから修理に出していた自転車を取りに行った。

グライダー「エレメンタル」の機体を一度チェックしてもらうために預けていたので、その結果を聞きに立ち寄ったのが本音ではあった。

「エレメンタル」の機体には気流との摩擦によってすり減っている箇所はいくつか見受けられたが、さして墜落するような原因になるとはいわれなかった。

不思議な少女についてはは黙っていた。話しても真面目に取り合ってくれるようには思えなかったし、セイ自身よくわからなかった体験だったからだ。カイ達も、彼女はたまたま墜落現場にいてセイ達の墜落に巻き込まれた被害者であろうと説明していた。セイも多分そうだろうと思っていた。とにかく彼女が目覚めればすべては明らかになるはずである。

その彼女はフルハウス邸に運び込まれたが、依然として眠り続けていた。

自転車屋から修理された自転車を受け取った帰り道、アイセーラと初めて出会った坂へとさしかかる。ふとアイセーラとの出会いを想起して思い出し笑いを浮かべつつも、ペダルに力を込めて坂を登り始める。行く手の先にカイと友人達の姿を見つける。セイは後ろから声をかける。カイ達はおのおの自転車を引きながら、道を塞ぐ形で広がっている。

「カイ!」

四人はほぼ同時に振り返る。

右からカイ、アカム・ジル・エア、マハ・マファース、ハーマス・ペクチャーであった。

四人に追いついたセイは、自転車を降りて彼らと一緒になって引き始める。

「兄さん、興味深い話があるんだ」

カイがそう言いかけたとき、後ろからクラクションを鳴らして牽制する高級車が近づいてくる。さっと道の両脇に五人は寄り、道をあける。そこを悠然とその高級車は通過していく。

憤然としてマハが唾棄したので、側にいたハーマスはビクリとする。運転手はそれに気づかずにいってしまった。五人の中でも背がひときわ高いマハは、いかつい風貌をしていていつも人をくったような態度をしていた。

細面のハーマスは町長の一人息子で、町の情報通であったが少し気の弱いところがあった。

アカムはハイスクールでディメーと同じようにプリフェクトを務めている。盛んにディメーにアタックしているが、相手にされていなかった。

「カイ。何が興味深いって」

「アイセーラ・ウル・ホロスコープさんのことでだよ。知りたいだろう」

「！」

「ハーマス。話してやってくれよ」

「もうアイセーラ・ウル・ホロスコープさんと君達が知り合いだったとは正直驚いたよ。彼女は亡命者の娘なんだよ。それもかなりの階級のね」

ハーマスは眼鏡をかけ直して言った。

「亡命者！」

「そうなんだよ。ポーランドからだそうだ。彼女の父親っていうのが、軍閥でも相当な位置にいる将校らしいんだ」

「どこ?」

「ほら、僕のパパって町長だろう。だから中央政府の高官とか上流階級にも知り合いがいてさ、そういう相手がいろいろと流してくれるのさ」

セイはアイセーラの母国である、ポーランドの国名をもう一度問いただしたつもりだったのだが、ハーマスは勘違いをした。

「ポーランド――」

「一九三九年、つまり昨年の九月一日にドイツ軍がポーランドに宣戦布告したことぐらい知っているだろう。ポーランドは背後にイギリスとフランスを備え、ドイツが攻め込めないって高を括っていたんだよ。それにもしもが起こってもドイツ軍の戦力を軽んじていたんだ。でもドイツの電撃作戦にすぐに空軍は壊滅し、自慢の槍騎兵も近代兵器といわれる戦車を主力にした機甲部隊に壊滅させられたんだ。終わってみれば開戦前に豪語していたわりには、たった二週間程で決着がついてしまったんだ。もちろん敗北という形で。その時、政府や軍部の上層部のかなりの人々が近隣諸国に亡命したって話しだよ」

博識豊かなアカムが横から説明を加えてくれる。

「ドイツか。それで彼女をとりまくトリューヌやジムに、どこか普通じゃないものがあったはずだよ」

カイは嘆息を吐く。

「ああ、彼女自身あまり自分のこと話さなかったしな」

『亡命者』という言葉の意味する重い意義に、セイは押し潰されそうなくらいだった。

政治的理由か何か理解したくもないし、所詮人の作ったシステムに、いやたとえどんな理由にしろ、誰にも生まれ育った土地を人から奪うことはできないんだ。大人の都合で振り回されてたまるか、セイは心中にそう吐き捨てていた。そういう考えにたどり着く彼を今は誰も否定しない。

「それじゃあ、イギリスも危ねぇってことかよ」

当然わき起こる疑問をみんなに浴びせて、マハ自身腕組みをして考え込む。

「確かに今ヨーロッパに発生した火種は大火になりつつある。昨年の九月三日にイギリスとフランスはドイツに対して宣戦布告しているからね。ドイツはソ連と結び、一応背後の危機を解決してから今年の五月にオランダとベルギーを降伏させている。そして六月にはフランスをも屈服させ優位な講和に持ち込んでいる。ドイツ空軍のフル活動とその規模の大きさが他を圧倒し、そのうえ投入された新鋭戦車部隊を中心とする機甲部隊の展開の速さも特筆に値するよ。さらに大切なのは団結力、ナチス党アドルフ・ヒトラーによるシビリアン・コントロールのもたらす成果だよ。かつてこうも思いどおりに大衆を手懐けた支配者はいなかっただろう。また、迫害する対象をこうも明確なものにしたことと、人の持つ疎外感はとても恐ろしいものだと感じたよ」

「ユダヤ人迫害か！」

「そうさ。それに世界帝国の建国っていう言葉の持つ魅力には、僕らだって惹かれるだろう。大陸をほぼ手中にした今、このイギリスが次のターゲットに選ばれるのは、近い将来現実のものとなるだろう」

アカムの普段なら欠伸の出るような長い講釈も、この時の四人には苦痛に感じられなかった。

『亡命者』

セイはアイセーラの胸の秘奥に何がうずまいているのだろうかと、そのことばかりが気になって頭から離れなかった。


ベッドの中で、その少女はやわらかな寝息をたててこんこんと眠り続けていた。その少女の側に付き添うアイセーラは、ベッドの傍らでイスに腰かけて詩集を読むことに没頭していた。ベッドの中の少女はもう二日もずっと眠り続けていた。深い眠りはその意識を深層部にまで沈ませる。もちろん医師の診断も頼んだのだが、結果はただ眠っているだけという簡潔なものであった。

二日前、アイセーラにとって、不可解で夢うつつのときの出来事のように思える神秘的遭遇は、その少女によってもたらされた。

現場からもっとも近いフルハウス邸へ彼女は運ばれた。フルハウス邸のすべてをとり仕切る執事のトリューヌはかなりそういうことを渋ったのだが、ディメーとアイセーラはなんとか説得してみせた。ケッサリアとジムも口添えしてくれた。

警察に一報はしたものの、その返事はまだない。

トリューヌは、身元が不明でさらに見たこともない空色の髪を持つ少女なだけに、その不安とイライラを隠せないではいたが、彼の仰せつかっている任務に差し支えがないということが、邸内に留めることを許したもっともな理由であった。

今、柱時計が一時を告げた。

ベッドに横たわる少女が寝返りをうつ。ふっとアイセーラの意識が惹かれる。読みかけの詩集を閉じる。アイセーラの瞳が大きく開かれてゆく。その瞳には今ゆっくりと閉じられていた瞼を開く少女の姿が映っていた。

ゆったりとしたイスに腰をかけて、例の少女は温かい紅茶をすすっていた。その少女を見守るように囲んでセイ、アイセーラ、カイ、ディメーの四人が揃っていた。アルバイト中だったセイとカイは、兄に自慢のピアノを聴かせて午後を過ごしていたディメーは少女が目を覚ましたと聞いて駆けつけてきたのである。

その少女は着替えをすまし、髪の色に合わせた空色のワンピースを身につけていた。サイズがアイセーラのものとぴったりだったのはただの偶然である。

黄昏に染まる彼女は深窓の美姫といった表現がぴったりであった。空色の髪に同調しているかのように見える瑠璃色の大きな瞳、白磁器のようなきめ細かな肌が美しい。

それは今にも消えてしまいそうな神秘的な美しさ、あるいは透明感といったものであった。気品の漂うふくよかな紅い唇にはカイでさえ、音も洩らさず生唾を飲み込んでしまった。

彼女はくせ毛の多い長い髪をすいて後ろで束ねていた。

『似ている』

セイは心の中でそう呟いていた。彼女の印象的な瑠璃色の瞳を見つめているうちに、奇妙な既視感にとらわれたのである。以前どこかで彼女に会っているような、それもごく近い過去において、頭の中で記憶を探り始める。

しかし答えは見つからない。

ケッサリアが部屋の全員に紅茶を配り終えてから、すでに一杯飲み干していたその少女におかわりはいかがですかと尋ねた。

彼女は何か言いかけたような素振りをみせたが、首を縦に振っておかわりをいただく。

それからケッサリアが静かに部屋から退出していく。

「もう落ち着きましたか」

ディメーが優しい声音でその少女に話かける。その少女はディメーを上目づかいで見てかるく頷く。

「よかった。私はディメー・スター・フルハウスです。もしよろしければお名前を教えていただけないでしょうか」

「ヴ……」

その少女は怪訝な顔をして喉を押さえる。

「恐がらないで。私達はあなたのことをよく知りたいの。あなたさえよかったらお友達になりたいの。それにあなたが眠り続けてもう二日経つわ。きっとご両親も心配なさってると思うの」

その少女は眉間に皺をよせて首を横に振る。

そして口をぱくぱくさせ、訴えるような目でディメー、それからセイ達を見回す。

「……………?」

ディメーはその少女の行動を理解できず戸惑っていた。

「もしかして彼女、声が出ないんじゃないのかな?」

カイはその少女をよく観察してから、自分の考えを口に出した。

その少女が大きく頷く。

「そうみたいよ」

アイセーラが確信をもって言う。

ディメーは側にあるデスクの引き出しからペンとメモ用紙を取り出してくる。

「字は書けるよね?」

その少女は瞼にかかる前髪を左右に揺らして自信なげな態度をとる。

「……」

ディメーはセイ達に意見を求めるように視線を投げかけるが、誰も答えられなかった。

困惑な雰囲気はその少女にも不安を教えた。

震える手でその少女は、ペンとメモを受け取る。ペンを握ったまましばらく白いメモを食い入るように見つめる。

そしてセイ達の様子を前髪の隙間から用心深く観察しながら、時間をかけて一字一字ゆっくりと書き出す。途中何度か手が止まり彼女は長考し、癖なのか宙に指を走らす。

まるでスペルを思い出すかのように。

セイ達には彼女のその一連の動作にかかる時間がとてつもなく長かった。

辛抱強くセイ達は我慢して待っていた。

『セピアハープ・ペンダント』

ものすごく読みにくい字であった。つまりかなり下手であった。どうやら名前のようであった。

「……セピアハープさん…ですか」

その少女、セピアハープはうれしそうに何度も頷く。

「ありがとう。私は起きたときにも言ったけど、もう一度紹介させてください。私はアイセーラ・ウル・ホロスコープ。できれば住所とか、何か身元のわかることも教えてもらえるとうれしいわ」

その問いにセピアハープの表情が微妙に揺れたのにセイだけが気づいたが、その時は流して、優しく声をかける。

「なんでもいいんだよ」

彼女は再びペンを執り、ゆっくりと綴る。

今度はさっきより時間を必要としなかったので、セイ達は少しほっとした。

『何もわからない。私は誰、何』

「…………」

セピアハープの書いたメモの内容は、その場にいる者を沈黙させるのに十分な内容であった。

彼女自身、形のよい眉をしかめながらなんともいえない憂鬱さ、じれったさに挟まれてむせているようであった。一生懸命手繰り寄せようとする記憶の糸がピタリと止まり、それ以上たどることはかなわなかった。

何も思い出せない。

「…………」

記憶喪失、みんなその言葉をのみ込んだ。

アイセーラは、セピアハープが目を覚ましたときにすでにいろいろ聞こうとしたが、動揺を露にしている彼女に何を話しかけても無駄と判断して、そっとしておいたことを正解だったと思っていた。もしかしたら彼女をもっと傷つける結果になっていたかもしれないからだ。

四人ともさすがに次の言葉を探すのに時間を必要とした。

粛然とした空気が漂う。

「多分、一時的な記憶喪失だよ。すぐに思い出すさ」

「そうよ。慌てなくても」

「記憶が戻るまでいつまでもここにいて構わないしね」

カイを先頭に、アイセーラとディメーが不安を振り払うようにまくしたてる。セイは何か心に引っかかりを残しつつも、同情は寄せていた。

セピアハープがセイを一瞥したのに彼は気づいていなかったが、アイセーラは気づいていた。しかしそれは場の雰囲気にのまれて揉み消されてしまった。

セピアハープは拙い仕草で再びメモにペンを走らす。

『ありがと。あのこれ何?』

彼女はメモをみんなに見せながら紅茶の入ったカップを示す。

「紅茶だけど、それがどうかした?」

セピアハープは妙に納得した顔をして紅茶の残りをすすった。

セイは自分でそう答えたものの彼女の意図が全くわからなかった。ただとてもおいしそうに紅茶を味わう彼女には、その場の誰もがあっけにとられてしまった。

『おかしな子』

アイセーラだけでなくみんなそう思っていた。

これが彼女との出会いでした。


風が気持ちいいね。

セピアハープは若草の揺れる丘に立って、吹き渡る風に艶やかな空色の長い髪をたなびかせていた。彼女の髪のその澄んだ青さと、背景の空の青さとが相重なって、見る者に同化しているような錯覚を抱かせる。

「!」

時折、吹くいたずら好きな風にあおられて、舞いあがる彼女の髪とともに、浅くかぶっていた麦わら帽子が空に舞う。かるくジャンプしてセイがその麦わら帽子をキャッチする。

「……」

セピアハープはありがとうと唇の形をつくってセイに伝える。

セイは読唇術が使えるわけではないが、彼女が伝えようとする言葉を理解できる自分に驚いていた。それは皮膚に浸透してくるように身体全体を侵し、脳というか心というべきなのか、人間の核にとにかく響いてくるのである。そして彼女の目もまた語る。

「いいえ、どういたしまして。ここらは時々たちの悪い風が吹くからね」

セピアハープは首を横に振り、右手で左の肩を抱く。彼女の左手が風と戯れるように宙を泳ぐ。

「……風が戯れたがってる？　そんなことで納得できない。悪い風もあるさ」

セピアハープの瞳がセイを一瞬睨むが、すぐに悲しそうに空を仰ぐ。

「………」

セイは自分でも彼女の気分を害してしまったと舌打ちし、何も言えなくなる自分をそこに認めた。しかし彼の中には今、新しい矛盾ができていた。まるで風の囁きに耳を傾けているような彼女の触れ方に興味を示したからだ。それは例のことに触れてでも、その理由を知りたいという欲求に変わった。

「でも君のその触れ方、まるで風の囁きを聞いて話して、いや人の心のように風にも心みたいなものがあって、それを読んで話しているみたいだ。もしかしたら君は風が読めるのかい?」

セピアハープが不思議そうに目を丸くし、ちょっと唇をとがらす。

「ごめん、表現が抽象的すぎたかな。僕も多分すべては理解していないと思うけど、父さんがそういうことを言ってたんだ。ほら、これから見学にいくけど、僕の夢は空を飛ぶことだって前に話しただろ。それで動力飛行機を製作しているんだ。で、空を飛ぶには風の方向、強さっていうかそういうものを感じるとか読まねばならないって、よく言われたんだ」

セピアハープは目をくるりとさせ、スカートの裾をちょこんとつまんでくるりと一回転する。その一連の動作に伴って起こった細い風の渦が、彼女のスカートをふわっとやわらかくふくらませる。丈の下から見え隠れするスラリと伸びた白い足が、色っぽくセイの瞳に映る。

読むっていうよりは身体に感じさせてくれるの。

セピアハープは瞳を閉じて何かを抱えるような格好をする。それは何もない宙、空気そして風を抱きかかえているとでもいいたげであった。

風達が彼女を好いている。

セイにはそう見えた。父のことを口にするときは、いつも心のどこかでブレーキをかけてしまうような沈んだ気分に流されていくのに、彼女のこの反応はそのことを忘れさせるだけの効果があった。

「僕なりの解釈だから本質はもっと違ったものかもしれない」

解釈は人それぞれ。だからおもしろい!

セピアハープは満身の笑顔をつくってセイを肯定してくれた。彼女につられてセイも笑ってしまう。

「二人して何を話しているの」

アレフ、ハンナそしてシャーベックを連れたアイセーラが丘を登ってくる。彼女らは何か手がかりがないかと辺りを散策していて今戻ってきたところである。

今日はセピアハープの記憶の手がかりを見つけようと、五日前に不思議な現象に遭遇した場所へとみんなでやってきていたのだ。しかし期待していた答えは、今のところ彼女の口からはもらえなかった。

ハンナはセピアハープに近づいていって、声をかけてほしそうな顔をする。セピアハープは彼女に応える。ハンナの髪から顎にかけて優しく、うっすらと浮いた汗を拭ってあげる。

「い、いえ、そんなに疲れてはいないです。それよりどうですか?」

セピアハープは申し訳なさそうに首を振る。

アレフは不思議そうな顔をしながらシャーベックの頭を撫でてその様子を見ていた。人見知りが激しく、慣れるのに時間のかかるハンナがここ数日セピアハープと一緒にいる姿をよく目にしていたからである。

「あっちにお城があるの。一緒に行きませんか」

セピアハープは大きく頷く。ハンナもうれしそうな顔をする。

「セイ、あそこに見える建物みたいなのは何かわかる?」

アイセーラはハンナの指差した方向の先にある、半ば崩れかけた古い城塞について尋ねた。

「あれはバウンドキャッスルだよ」

「バウンドキャッスル?」

「そうさ。まあこの辺の人達はそうも言うかな。でも、本当はディバウンドとかディサァハンドルとかいう名前の城だったと思うよ。今は見る陰もないほどの廃墟と化しているけどね」

「どうしてバウンドキャッスルっていうのですか」

「それはこの辺の子供達にとって、あそこは格好の遊び場だったからさ。かくいう僕もだけど。子供達が跳ね回って遊んでいる城。跳ねる、つまりバウンドする。だからバウンドキャッスルっていって小さい頃から慣れ親しんでいたよ」

「町の人は危険だっていってるけど、そういう御法度をとかく破りたがるのが俺達なんだよ」

セイの説明にアレフがつけ加えをする。

セピアハープは、ほくそ笑んでハンナの手をとってもう城の方へ歩き出していた。しかたなくセイ達もついていく。

城までは結構な距離があったが、そう苦にはならなかった。

セイとアイセーラは塔から塔へと渡り歩いた。吹きさらしにさらされてはいるものの、見かけよりもかなり丈夫なようであった。

中庭では腰を下ろしたセピアハープとハンナ、アレフが跳ねるバッタ達と戯れていた。

シャーベックははしゃいで彼らの回りを跳ね回っていた。

「彼女、どう思う？」

塔の上からセピアハープ達を見おろしていたセイはアイセーラに意見を求めた。

「どう思うっていわれてもね」

アイセーラは言葉を濁しつつも彼女と一緒に暮らしてみて、少しは彼女の人となりを自分なりにではあるが、消化していると思っていた。そして細やか交情も抱いている。

「優しい感じ方を持っていると思う」

「優しい感じ方――そういう考え方ができるのはいい感性している証拠だよ」

セイの大人びた口調にあしらわれたような気がして、アイセーラは唇をとがらす。

「その言いぶり、好きじゃないわ」

セイはどうしてアイセーラがそういった態度にでるのかわからず、困った顔をつくる。それがますます彼女の機嫌を損ねていた。

ちょっぴりジェラシーを抱いたのだ。

アイセーラの性格上、言葉には決して出さないが、女性として気になる異性が他の女性に惹かれるのは好ましく思えない。しかし、独占欲に心奪われるにはまだ浅いものの、幼さはそこにはあった。

自覚のないジェラシーであった。

それにこの時はまだ仲間意識、友達という観念が強く作用していた。さらにつけ加えるなら、ジェラシーにも優しさを持つジェラシーがある。

「セピアハープ！　もう少ししたら行こう。カイ達が待ってるから」

セピアハープは了解と額に手を当てて、敬礼のポーズで答える。それを真似てハンナも習う。

セイははしゃぐ彼女らにやれやれと思う。

今日はこの後アイセーラのたっての願いで、セイの家の飛行機制作をしている工房を見学する予定が入っていた。カイはそのため、家に残っていろいろ準備をすすめていた。

「あれ、なぜお前らがここにいるんだよ」

「よう、セイ！」

「やあ」

「ども……」

セイはアイセーラとセピアハープを連れて家に戻ってきて、工房のある大きなプレハブの倉庫に案内してきた。倉庫にはカイ以外にマハ、アカム、ハーマスの三人の友人らがいたので驚いた。予定外の彼らの登場に驚きつつもすぐに理解し始めた。

カイの計らいによるものであった。

セイはライバルが増えそうな危機感に襲われたが、アイセーラやセピアハープが数多くの友達を切望していることは感じていたから特に文句を言うわけにもいかなかった。それに付き合いのめんどうくささに流されるような感性を持ち合わせていなかったし、それよりもそれらが施してくれる豊かな感受性になんの疑問も抱かなかったからである。

「僕はアカム・ジル・エア、よろしく」

アカムはアイセーラに対して親愛と敬意を込めて右手を差し出した。アイセーラは笑みをつくってアカムの握手を快く受けた。

「私はアイセーラ・ウル・ホロスコープです。よろしくアカムさん」

「アカムでいいですよ」

アカムは次にセピアハープに握手を求める。

セピアハープは先程のアカムとアイセーラのやりとりを見ていて、同じようにしてアカムの右手を取りじっと手の甲を見つめる。

「何か？」

「…………」

セピアハープは、よくこの握手の意味がわからないとでもいいたげな顔をつくる。

「アカム、彼女は声が——」

「ああ、そうか」

アカムは事前に、カイにセピアハープの声と記憶喪失について聞いていたことを思い出した。

「握手ってのはお互いの親睦を深めるためにする、その自然な行為だよ」

カイがセピアハープに説明をしてあげる。

セピアハープは納得げに頷く。

続いてマハとハーマスがアイセーラとセピアハープにお互いを紹介し握手を交わす。

アカムがちらりと気になる視線をセピアハープに投げかけていたので、カイは彼の耳元で囁いた。

「彼女は少し変わっているんだ。記憶喪失だからあまり気にするなよ」

「ああ、聞いていたより実際の方がずっと不可解で——その少し驚いただけだよ」

「確かに彼女の空色の髪は変わってるし、その白い肌はとても澄んでいて、綺麗で、なんか人間離れしてるって感じだしな」

カイはアカムに対して素直な関心を述べた。

セイはセイでセピアハープの不自然な行動にはあまり興味はいかず、マハの冗談に声をあげて笑うアイセーラを見ていた。

『チェッ、うるさいアレフ達を帰したと思ったらこれだもんな』

ヨークシャーの丘で一緒になって散策していたアレフ、ハンナ、シャーベック達はセイの家には寄らず、そのままの足でフルハウス邸に戻っていったのであった。

「カイ、シャレルはどうしたんだ。一度家に寄ったけど誰もいなかったからさ」

「シャレルなら友達の家に行くって」

「そう、なら一人で準備大変だったろ」

「別に。茶菓子とかはシャレルがあらかじめ用意しといてくれたから。それにマハ達に倉庫の掃除とか手伝ってもらったからその程度のことだったよ」

「ありがとな」

セイは早速アイセーラとセピアハープに、倉庫内にある組み立て中の動力飛行機のシートをはずしてその姿を披露した。骨組みは既に完成していた。しかしまだまだ課題は多く残っていた。装甲やエンジンを組み込むことと、もっとも大切なバランスと重量の調整などがあった。

セイとカイは、剥き出しになっているこの動力飛行機のエンジンに電気を流し、動かしてみせた。

床に固定されているため、地をも揺るがす振動と、耳をつんざく回転音が倉庫内に響き渡った。

アイセーラやセピアハープは貸してもらっていた耳あてを通しても、そのすごさに感嘆を洩らした。それから実際に、主尾翼に可変翼を取りつけることを実習のようにして手伝わせてあげた。その後はマルコとジムがアイセーラ達を迎えにくるまで、楽しい談笑を伴うお茶会を開いてお互いの親睦を深めて一日を過ごした。

今日は、セイは珍しく学校の図書館にきていた。もちろんアイセーラやセピアハープも一緒であった。

セイはアイセーラとセピアハープを図書館へ案内してから自分の教室に行っていた。オータムフェステバルでのクラスの出し物のミーティングをするためである。それが終わって再び図書館に戻ってくる。

セピアハープのたっての願いだったとはいえ、セイはこの図書館の持つ独特の雰囲気が好きには慣れなかった。私語は当然厳禁で、音といえば本のページをめくるパラパラという音だけである。読書自体は嫌いではない、むしろ好きな方だが、あまりに殺伐とした雰囲気の中に膨大な量の本があると、立ち眩みすら覚えてしまうのである。

そして一冊一冊の本の放つ匂いとか空気とかいうものがあって、セイはそれが好きにはなれなかったのである。

夏期休暇中だというのに人が多かったが、すぐにアイセーラとセピアハープの姿を見つけることができた。

「……また増えてる。読んだらちゃんと元の所に戻してほしいなぁ」

「………………」

セピアハープはいいかげんな反応を示す。

「これだよ、セピアハープ。読書に熱心になるのはいいけど、きちんと片付けたほうがいいと思うよ。目立ってしょうがないから」

セイはセピアハープに注意を促しつつも、彼女の横に並んである十冊以上の本に目をやっていた。郷土史に始まって歴史物、文学書、はては怪奇全集、百科事典まである。一つ一つがかなり厚みがあるのに彼女の読破するスピードは異常であった。

セイは飛ばし読みしているのではないかと本気でそう思っていた。彼女にそれを聞くと申し訳なさそうに小さく頷いた。彼女の隣で詩集を読んでいたアイセーラもあきれ顔で見ていた。

「もうどれだい？　読み終わったのは棚に戻してくるからさ」

セピアハープは指で四冊の本を指し示す。

セイはそれを棚に戻しに行きながら、

『よくもまあ、好奇心をあれだけ持続できるものだな』

と自分のことはともかくとしてあきれてしまった。

本を棚に返したセイはアイセーラの横の席に腰をかけた。

「アイセーラは何を読んでいるんだい」

「詩集よ」

そういって彼女は手に持つ詩集の表紙をわかるようセイに示した。作者の名前も読み取れたが知らない名であった。

『私にはいつでも、いつまでも包み込んでくれる精霊が側にいてくれた。

消え去りそうなぐらい繊細な陽炎、しかし決して消えない永遠の強さが心に木霊する。

あなたに見えますか。

あなたに聞こえますか。

あなたは匂いを感じますか。

あなたは触ることができますか。

存在がわかりますか。

見つけられるはずです。きっと。

彼女らといっしょに紡いでゆけることを。

精霊の名を冠するものよ。

精霊たちよ。精霊たちよ。空の精霊よ。

聞こえているのだろう。再び答えて欲しい
空のささやきをもって僕に』

「私はこの本の中ではこの詩が一番好きなの。どこかの伝説を題材にしてそうだけど、内容はなんとなくわかる気がするけど説明はできないわ。でもなんとなく惹かれる。そういうのってセイにもない」

「あるよ。僕には詩のことはよくわからないけど、そのなんていうか綺麗ででも寂しい気もするな」

「ふ〜ん。私もそんなふうに感じるわ。セイ君と同じ感じ方。なんか共感し合えた感じがしてうれしいわ」

「はは、照れるよ。その詩よく見せてくれないかな」

セイはアイセーラからその詩集を受け取って、その詩を口ずさむようにして繰り返した。

その時、セイとアイセーラは背後に人の気配を感じて驚いて振り返ると、背の高い館員の女性が視線も合わせずに、すっとセイ達の机の上に白いプラスチックのカードを置いて去っていった。

「注意されたよ。つまり、もう一回騒がしくしてもう一枚このカードを渡されたら、今日はこの図書館から退出を強要されるんだ」

「それは大変ね。でもなんか冷たすぎる対応ね。黙ってカードだけ置いていくなんて」

「ああ、本当にそう思うよ」

セイはアイセーラとの楽しい時間を邪魔された気分になって、早くこの図書館から出たいと思った。

激しく衝突する雨粒が窓を震わせ悲鳴をあげさせる。窓に触れ合わせた手の平からその振動が伝わってくる。稲光が走り、彼女の全身に白と黒の影を落とす。彼女は交錯する思いに耐えていた。激しい雷雨の夜にその一報は届いた。

「私の意思は全く配慮されはしないのね」

「選択肢は一つしかありません。それは理解して下さいますね」

「…………」

冷ややかに言葉を使うトリューヌに反感を抱きつつも、アイセーラは無言で答える。内心では彼が自身の出世を考えていることを読んでいた。確かに彼の立場上、彼女の父への画策に一役買うこと、そしてそのための選択は一つしかなかった。

アイセーラ・ウル・ホロスコープを大ロンドンへ連行していくというものであった。

アイセーラは晩餐を終えた後にトリューヌに呼ばれたので、応接間で談笑を楽しもうとしたディメーとセピアハープの招待を断って、彼を自分の部屋へ通していた。

トリューヌは毅然とした態度で中央政府より送られてきた電報を静かに読み上げた。

その直後停電が邸内を襲う。あたかもアイセーラのこれからの行く末を占うかのようであった。彼女は停電など気にせず泰然とした姿勢でそれを受けとめた。

「私は一時の平和に享受できないようね」

アイセーラは凛とした声音で皮肉を口にした。

「察して下さい。この国はあなたのお父様の御力を欲しています。そしてあなたのお父様はあなたを欲しています」

トリューヌはあたり障りのない返答をして、アイセーラを穏やかに説得しようと試みる。

『お父様が私を欲している。そんなのあたりまえじゃない。でも……』

アイセーラは唇の端を吊り上げて、思わずトリューヌに対して癇癪を爆発させそうになった。その時、室内がパッと明るくなる。

ようやく停電が回復したようである。周囲の暗から明への変化は彼女の感情を抑制してくれた。

「即答して下さらなくてもよいのですが、返答は数日中にお願いします」

「その必要はありません。大ロンドンへ行きます。それもできるだけ早いほうが都合がよいのでしょう」

「ありがとうございます。そう言っていただけますと助かります」

繰り返し儀礼を述べようとするトリューヌを制して、アイセーラは早く彼に部屋を出ていってもらいたかった。重い孤独感とそして束縛感が彼女を二重に苦しめる。国に人質として捕らわれているような立場を呪いつつも亡命者としては従うしかなかった。

『でも、私とお父様は――』

バルコニーに出て、沈みゆく夕陽の姿を決して忘れたくはないかのように、食い入るようにアイセーラは見つめていた。

ジムは明日の出発のために、アイセーラが整理したスーツケースを配送に出すため、部屋から運び出しにきていた。

「大きな荷物はもうこれで終わりですか」

「え、ええ、お願いします」

アイセーラは不意に現実に戻されて言い淀んでしまった。

ジムは一度抱えあげたスーツケースを降ろして、アイセーラの側にくる。そしてその傍らに立ち彼女と同じように夕陽を眺める。

「いよいよ明日でここともお別れですね。やはりお寂しいみたいですね」

「はい。短かったけどここでの時間はとても長く感じられました」

「僕もです」

「……………」

「ここは僕の故郷にそっくりなんです。僕の村の近くにも炭鉱があって、その匂いにいつも囲まれてました。その匂いは村にも、そしてそこに生活する人にも染みついていました。懐かしい匂いです。今の僕の身体からは匂いは消えてしまったけど、記憶の中の匂いは消えてません。炭鉱と僕の村以外は何もなく、あとはだだっ広い高原が広がってました。そういうところ、ここはそっくりです」

「ここはそんなにジムの故郷に似てますか」

「ええ、ここよりもっと北の大地ですけど似てます。アイセーラさんの付人に志願してよかったと思ってます」

「どうして？　退屈でしょ。ジムは士官としてもかなり優秀な人材だってケッサリアさんが言ってたわ。私のお守りなんて任務にはもったいないくらいのキャリア組って聞いてるわよ」

「はは、それは買いかぶりすぎです。田舎出の青二才ですよ。それにこの任務を不快に感じたことは一度もありません。戦争は嫌いですから」

「じゃ、なぜ士官に？」

「食べてゆくためです。僕の村はとても貧乏なんで仕事はないんです」

「ごめんなさい。ジムも大変なのね。やっぱり故郷へ帰りたいですか」

「もちろんです。帰って牧場を経営したいんです。この戦争が終わったら帰るつもりでいます。アイセーラさんももちろん故郷に帰りたいのでしょう」

「複雑です。もしかしたら永遠に帰れないかもしれないし——それに」

「ここから離れたくない理由ができたんですね」

アイセーラは小さく俯く。

「それでも人は生まれた土地に帰ると僕は思います。たとえそこに何もなくてもね。アイセーラさんの帰る場所もきっとあると思います。それが故郷なんですから」

「そういうものですか。でもここでの生活は楽しかったです。未練が残ります」

「そうみたいですね。ここにきてから私とこういうふうに話すの初めてだってことに気づいてますか」

「あ……」

「大ロンドンに来たばかりのころは大変でしたよ。顔も見てくれませんでしたから。でもうカウンセラーは必要ないよってケッサリアも言っていたけど、そのとおりみたいですね。よほどいい出会いに恵まれたみたいでよかったです」

「そんな――」

「きっとまた会えます。下を見ているのはアイセーラさんには似合いません。今日の主役はあなたですから胸を張っていきましょう」

ジムはアイセーラの心をほぐすためににっこりと笑う。つられてアイセーラも笑う。

「ありがと。きちんとします」

フルハウス邸のホールでささやかなホームパーティーが開かれていた。もちろん主催者はディメスター・フルハウスである。パーティーの主旨はアイセーラの大ロンドン行きにおけるしばしの別れを惜しむということである。

それを聞いて残念に思ったセイ達も、新学期までには帰ってくるというアイセーラの言葉に安心はしたが、寂しさは消え去らなかった。

ディメーはそういうものも含んでパーティーを開いたのであった。

「明日にはロンドンへ出発してしまうのね」

「ええ、でも列車に長い時間揺られるのはあまり好きじゃなくてとても疲れます」

「そうなの。私はそういうの結構好きだけどね。私、小さいときは大ロンドンに住んでいたのよ。でもこのリトルロンドンの町はとても気に入ってるわ。ここは私にとってもう一つの故郷ともいえるわね」

ディメーはマルコに呼ばれてピアノの演奏をするため、アイセーラに失礼をいってピアノへと向かった。マルコがアイセーラの方を一瞥したのに彼女は気づいて、かるく会釈を返したが、彼には無視された。アイセーラは、マルコのらしくない仕草にはてなと思ったが機嫌が悪いんだと思い、気にはしなかった。

「もう一つの故郷……か」

アイセーラは、そう呟いて自分にとっても、もう一つの故郷になってくれるかなと思っていた。本当の故郷にはいつ帰れるかわからなかっただけに、その想いはことのほか強かった。

彼女はちょっぴり感慨に耽って、何も注がれていないワイングラスを手の中でもてあそんでいた。

「アイセーラ！」

呼ばれて振り返った彼女の前にセイ、マハそしてハーマスの三人が、手にした皿に食事をのせて立っていた。

「アイセーラもどう？」

「ちゃんと食べてる？」

「ええ、ありがとう」

お互いをより深く知ろうとした矢先の大ロンドン行きに、彼らも残念がっていた。

「ディメーさんの演奏はいつ聞いても素敵ですね」

「当然！　なんてね。ありがと」

「おいおい、過剰な世辞は相手にとって逆に失礼だよ」

ディメーは盛んに話しかけてくるアカムをかるくあしらって、熱くなってくるピアノ演奏に感情が入っていった。故にカイが横で何か茶化していたのを気にもとめなかった。

セピアハープはそれに聞き惚れるように瞼を閉じて心を傾けていた。傍らのハンナの肩をそっと抱いていた。

アレフはディメーの演奏する姿に瞳を輝かせて見入っていた。

絶えまなく談笑が沸き起こる。

「ちょっと――」

ディメーはパーティーの途中で、兄マルコに促されて彼の部屋へと出向いていた。ディメーは、パーティーの途中なので話は手短かにとつけ加えてから彼の話に耳を傾けた。

「…………」

彼女は今までに表したことのない驚愕の表情をつくった。全身を痛みとも痺れとも想像のつかないものが、傷を負った蛇のようにのた打ちまわり、立ち眩みしそうになる。血の気の引くような思いを堪えて、マルコの言葉の一つ一つを聞き逃さないように姿勢だけはなんとか保ってみせた。

「大丈夫か――。驚かせてすまなかった。今言うべきことではないかもしれないが、今言うべきことかもしれない。お前がアイセーラ・ウル・ホロスコープさんが亡命者であることを知っていたのは意外だったが……まあ、それはいい。とにかく彼女とはこれ以上深い付き合い方をしてほしくないんだ。たとえ同居しているとはいえ、あまりに心を傾け過ぎるのはどうかと思う」

「でも、そういうのは――」

アイセーラが亡命者であるということはカイから教えてもらっていて知ってはいた。

当然驚きはしたが同時に納得もした。彼女が時折みせるいわくありげな表情の理由を、知ったような気がしていたからである。しかしディメーの想像も及ばないところでアイセーラは苦しんでいたのである。

「さっきも言ったとおり、これは父さんの、いや国家の意思なんだ。アイセーラの父はポーランド空軍において優秀な指揮官としての実績をもっている。そして今、そのポーランドを討ち破ったドイツ空軍が、このイギリスの首都ロンドンを次のターゲットにするのは必然だ。イギリス空軍の技術は素直に認めてドイツより後進的である。人材もかなり不足している。それにアイセーラの父だけではない。多くの亡命者のパイロットを徴収しているんだ」

「そ、それは理解できます。でも私が許せないのはそんなことではないんです。アイセーラを……アイセーラを人質にとるような形で彼女のお父様を戦争に行かせようなんて！

さらにアイセーラを大ロンドンに滞在させることで、大ロンドンを守らねば娘の命はないという状況下に、彼女のお父様を追いつめるようなことは人として許せません。絶対にです！」

マルコの説得の言葉をはねのけて、ディメーはこめかみを震わせながら言い放った。

「ドイツはイギリス北部の資源と工業力を欲している。故に首都大ロンドンを手中にすることによって、その権利を蹂躙しようとしている。そのため我がイギリスは対策として遷都さえ考えているくらいだ。ドイツは技術は豊かでもそれを生産する工業力は貧弱である。それに大陸において周りすべての諸国が敵である。それに比べてイギリスは環海によって自然の城塞で守られているといっていい。だから資源の産出と生産にはうってつけの土地なんだ」

ディメーはマルコの説明を無視して狼狽する自分を奮いたたせるように、訴えに熱心になってゆく。

「さらに許せないのはパパが、パパがそれに加担していることなのよ！」

マルコはそのディメーの抗議に敏感に反応して眉間に皺を寄せる。

「僕は父さんに確かに頼まれて、アイセーラさんをそれとなく監視することも含めて帰郷した。そして彼女に会ってみて、彼女がとても素敵なレディだとは思った。でも同情と一緒にしてもらっては困る。それに観念的に物事を言わないでほしい。父さんだって好きでしているはずがないだろう。アイセーラさんのようにディメーに母国を失う悲しみを味あわせたくないんだよ」

「詭弁ね。そういうことにどうして平気でいられるの。平気で口にできる現実なの。これでドイツの人権を無視した戦い方を否定しようとする」

「我が国は細菌兵器の開発も大量虐殺も行ってはいない」

「いいえ、歴史には例があってよ。同じ人なのだから。それに今はでしょ。先はわからないわ。でもそんな理屈で押しすすめた答えで御することができると思えて」

「国の存亡に個人の問題など……」

マルコは人として言ってはならないことを口にしそうになったので口をつぐんだ。しかし遅かった。ディメーはそれを先読みして、極度の失意の色を瞳にはっきりとわかるくらいに浮かべる。

「そういうレベルで考えてほしくなかった」

弱々しく、そしてモノ悲しい視線をマルコに向けてから、沈痛な面持ちにこれ以上堪えきれなかったディメーは、逃げるように踵を返してマルコの部屋を後にした。

マルコは部屋を出ていくディメーの背中を見つめて棒立ちのまま父の言葉を思い出していた。

『言葉は便利だが、とても危険なものでもある。時として相手によけいな詮索をさせるきっかけを与えてしまうことがある。そしてそれが必ずしもこちらの思惑どおりのものであるとはかぎらない』

マルコは含みのある言い回しで説得しようとしたが、ディメーにそれは受け入れられなかった。自分の机を拳で力の限り叩き、歯がギリっと音をたてる。

バルコニーに出て涼んでいたセイに、アイセーラが果物のジュースが注がれたグラスを二つさげて近づいてくる。すっとグラスを一つセイに差し出したので、礼を言ってそれを受け取る。

室内ではセピアハープを囲んで盛り上がっている。

「綺麗ね」

「ああ、そうだね」

神秘的永劫の光を放つ散りばめられた星々が、朧げなる月と相重なって見る者の瞳に優しく差し込む。

アイセーラはお互いの肩が触れ合うぐらいに体を寄せてくる。彼女の胎動を肌に感じてセイはドキドキした。セイがアイセーラのほうをちらりと盗み見したとき、彼女のうなじが目についた。その形のよい曲線とおしろいを塗り込めたような白さがやけになまめかしくセイを誘うが、理性がそれを押さえさせる。

そんなセイの胸中を知ってか、アイセーラはかるく肩を揺すって雰囲気を楽しんでいるようなふしをみせた。

「…………私、亡命者なの」

突然のアイセーラの告白。

セイは虚をつかれた感じで対応に戸惑う。

アイセーラはそれをみこして、しばし間をおいてから続けた。

「うそ…って言いたいけど本当のこと」

「どうして僕に……」

セイはアイセーラがポーランドからの亡命者であることはすでに知っていたが、そのことは彼女に言う必要がないと判断して黙っていた。自分の浅慮さがでて、彼女を傷つけてしまうかもしれないということを恐れたからだ。

「ここを去る前に言っておきたかったの。何も言わないままなんて切ないような気がして。それとも誰かに聞いてほしかったのかもしれない」

アイセーラはセイの胸元をチラッと見るようにして言った。

セイは彼女を縛るしがらみはとても大きなものなのだろうと推測した。

「僕でよかったらいつでも相談にのるよ。気休めぐらいにはなるかもしれない」

アイセーラはかすかに唇を開閉させて、少しだけまごつく素振りをみせる。

「ううん、そんなことない。ありがとう。その気持ちにとっても救われる。ホントに」

「そう。でもその言い回し、まるでもう会えないみたいな――」

「そんなことない。私は必ずここに帰ってくるわ」

アイセーラの声に気迫がこもる。まるで彼女自身に言い聞かせているようであった。

「私、必ず帰ってくる。そして――」

「そして――」

セイとアイセーラの声が重なる。

「一緒にハイスクールに行きましょう」

アイセーラはにっこりと笑う。

セイとアイセーラは出会ってまだ数日。でも二人は気づき始めていた。その出会いが出逢いだったことに。

ここに至ってアイセーラの情操的な性質はさらに大きく開花してきていた。出会いと感動が人を大きくする。セイはアイセーラに空への感動を教えてあげた。いや体験させてくれた。彼女はセイと過ごしている今この時が永遠に続くことを夢みていた。しかし残念なことに彼女は明日この地を去らねばならなかった。

フルハウス邸でのアルバイトを終えて、帰宅していたライツ兄弟は疲労にもかかわらず、工房のある倉庫に閉じこもりっきりであった。

現在製作している動力飛行機はかなり仕上がってきていた。以前製作したときのノウハウが生きていて、今度のは自分でもかなりいい線をいっていると思っていた。前回は手痛い目にあっていたので今回はより慎重に臨んでいた。

基本設計は二人でして細やかな修正はバルジにしてもらっていた。前に製作したもので短い時間であったが遥かな空を体験し、その時の感動はグライダーでの初飛行以上に感動的であった。むろん若い二人にはパイロットライセンスはなかった。

当然違法ではあるがこんな辺鄙な町では政府の目だって届かないし、もし届いても閑却な措置がとられるであろう。

バルジも若い頃は飛行機乗りで、特に厳しく手ほどきをしてくれたので、並いるパイロットよりもずっと優れたものであった。

同時に二人の持つ資質を裏づけるという結果も導きだした。

アイセーラがリトルロンドンの町を去ってから暦の上で六日が過ぎていた。彼女のその後のことも、もちろん気がかりであったが、飛行機製作に伴う忙しさがそれを二人の頭から消し去っていた。カイはそれよりも最近とみに悄然としているディメーのことのほうが気になっていた。

セピアハープといえば、もう日課のようになってしまった町の図書館へ足繁く通っていた。セイ達は彼女の学習意欲に圧倒されるものを感じとっていた。しかし相変わらず彼女の声を聞くことはできなかった。

「セイ兄さ〜ん」

家の敷地内にある大きなプレハブの倉庫で一人残って作業をしていたセイは、自分を呼ぶ声に気づきながらも手を休めはしなかった。

動力飛行機のエンジンのボルトを締めて、内部の空調などの調節をしており中途半端にしておくには気分が悪いので、きりがつくまで手をはなせないでいたからである。

「あ——、わかっているって、今いくから」

いいかげんな返事をする。

「早くしてね。もうお母さんも帰ってきているのよ」

一階の窓からちょこんと顔を出し、倉庫の方をしきりに伺っている少女がさっきから再三呼んでいるのだ。まだあどけなさの残るシャレルは一つ上のディメーと見比べると綺麗というよりも愛らしい、可憐といった表現がしっくりとくる。

いいかげんきりをつけてから作業着を着替え、手を消毒してセイはダイニングルームに姿を現した。壁にかけてある時計にちらりと視線を送るとすでに八時半を回っていた。白いテーブルクロスがかかったテーブルの上には、いくつかの料理が見映えよく並べられている。これも一種のシャレルの才能だとセイは勝手に思っていた。

おいしそうな香りがセイの食欲をそそる。

気づいてみるとひどく腹がすいていたのだと思った。また夢中になりすぎてしまったと、唯一の自分の長所であり、短所でもあるところをちょっぴり自己満足げになじってみた。

メリーワットとカイはすでに席についていた。

家庭の財政を一手に担う母メリーワットは午後七時半まで店を開けているので、その帰宅はいつも八時半すぎとなる。今日はいつもより少し早いほうである。母に代わって家事のすべてを担うシャレルは、十六歳にしてはやや所帯じみているところがあるのだが、別段責められることでもないし、かえって精神的にも逞しい娘へと育ってきていた。

家族を立派に養っている。

手のかからなくなってきた子供達を見て、亡きキリュウに胸を張ってそう言えるとメリーワットは最近思うようになっていた。だがそれとは裏腹に、セイやカイのようにシャルにも今の世代にしかできないことをさせてあげたいとも思っている。彼女の胸中には確かにいつもそういった矛盾が存在していた。

以前シャレルに夢みたいなことについてさり気なく聞いてみたことがある。

「今している家事の手伝いだって私のしたいことの一つだわ。夢っていうにはきっと大袈裟だと思うけど、現実にしていくものを捜すっていう夢があってもいいんじゃないかな。そのために日々できることをしてゆく。それじゃだめかな」

シャレルのなにげない言葉にメリーワットは熱くなったのをよく覚えている。

ライツ家の人々がダイニングルームで食事をとっている最中に、家のベルを鳴らす音がする。シャレルはお手ふきで手をかるく拭いて玄関へと向かった。

「はい、どちらさまでしょうか」

シャレルが来訪客に応対している声が、ダイニングルームにいるセイ達にも小さく聞こえた。

「セイ兄さん！　カイ兄さん！　早くきてよ！」

切羽詰まった大声でシャレルはセイ達を呼ぶ。

玄関には雨も降っていないのに汗でぐっしょりと衣服を濡らし、赤く染まる瞳を潤ませたディメーが立ちすくんでいた。薄い夏用のブラウスに肌が透け、スパイラルウェーブのかかった髪も濡れて光沢を放っていた。しかし、しどけない姿に似つかわしくない真剣さが、その瞳に宿っており尋常でないということをひしひしと伝えてくる。

カイはシャレルにいってタオルをとってこさせ、ディメーに優しくかけて汗を拭いてあげる。家にあがろうともしないディメーは、カイのなすがままに上下に胸を揺らして体を拭いてもらいながら呼吸を整えていた。喉が潰れるぐらい休まず走ってきたらしく、しばらく声が出せない状態でいた。

メリーワットは紅茶が必要と思って、一度キッチンへと戻っていった。

冴えのないくぐもった声がやっとディメーの唇から洩れる。

「……私どうしたらいいの。アイセーラが、アイセーラが——」

アイセーラという言葉に過剰に反応してセイは思わず彼女の肩に手をかける。

「ディメー！　アイセーラがどうかしたのか？」

セイはこの時、不安な焦燥感にかられてディメーの肩にかけた手に力が入った。

カイはそれを見て、セイに落ち着くように促す。

セイも「やや」と思って肩の力を抜いてディメーの次の言葉を待つ。

「ドイツがついにイギリスに対して実質的な戦略行動に入ったのよ」

「本当！」

その場にいた全員が絶句した。ディメーは深呼吸を十分にしたはずなのにまた息をきらせ始めながら続けた。

「アイセーラは無事らしいわ。でも現在のことまでは保証できない……」

「らしいって、ディメー。わかるように説明してくれないか！」

「セイ！」

セイのはやる気持ちを押さえようとカイが叱責する。それに構わずセイはディメーにさらに詰め寄る。圧迫感に耐えきれないかのように、ディメーはぽろぽろと涙を落とす。

「八月八日、……昨日ドイツ空軍の第一波攻撃があったのよ。だからいつかアイセーラにもそれはきっと及ぶから。大ロンドンはこの国の首都だから……」

ディメーの声が途切れて激しく咳き込む。

その姿は彼女への姿勢に配慮がなかったことをセイに気づかすのに十分だった。彼女の背を優しくさすりながら、

「どうしてそんなことを」

「私のパパが外交官だってことは知っているでしょう。だから、その絶え間なく外界の情勢を電報で知らせてくれるの。もちろんシークレットコードだから外部には絶対洩れないように務めているけど」

「でも、どうしてアイセーラが無事だって」

「それは――」

ためらいがディメーの言葉を詰まらせ、その場にへたりこませる。嗚咽を洩らし小刻みに体が震えていた。歯ぎしりの音がする。それはまるで込み上げてくるものを必死で堪えているようにしか見えなかった。

ちょうどメリーワットが紅茶を運んできたので、それをディメーは受け取って少しずつ

ゆっくりと飲み干してゆく。涸れるほど涙を流したようなディメーは、セイを見つめ返してポツリポツリと言葉をつないでゆく。

「……私、すべて、すべて知っていたのよ。すべてを——」

その言葉から後に続く言葉はすべて衝撃的だった。

『アイセーラは国に人質としてその身を拘束されている』

セイ達はショックを隠せないでいた。割り切れない気持ちを抱いたまま言葉を失った。

唯一の救いはアイセーラが今はまだ無事であるということだけであった。

一九四〇年、八月八日。

ドイツはイギリスの上空の制空権を確保するために、作戦可能な空軍二二五〇機を投入して行動を起こした。まず海峡にてイギリスの船団を襲撃する。対するイギリス空軍は七〇八機にすぎなかった。

後世におけるバトル・オブ・ブリテンと呼ばれる戦いの始まりである。

ドイツにとって制空権を得ることに成功できればイギリスの海軍力を封殺できて、さらに上陸作戦も可能となる。故に八月一二日からイギリス空軍を壊滅させるため、その基地及び工場を重点的に爆撃し始める。そしてそれから連日、イギリス本土への攻撃と移行していく。アイセーラのいる大ロンドンへの空襲は近い将来現実になるものであった。

「ごめんなさい。私が、私が無理にでもアイセーラをここに引き止めてさえすれば……

実際こんなふうな形になるなんて、戦争に巻き込まれていくなんて」

カイはディメーの体のことをひどく心配した様子でメリーワットに視線を送る。

「ディメーさん。そんなに自分を責めることはなくてよ。そしてあなたのお父様やお兄様も――」

「でも、でも」

再びさめざめと語るディメーをメリーワットは優しく抱き締めて、白い手で頭を撫でる。

ディメーは忘れかけていた母の温もりと香りに陶酔していった。年に数度しか家族と団らんをともにしない母シーメール・フルハウスの温もりは、希薄になりかけていたのである。

心の葛藤すべてを吐き出した彼女は、精根尽き果てていたのである。


会いたい。

君に会いたい。

その夜ベッドの中で頭から掛け布団を被ってセイは一人、囁いてみる。

アイセーラの姿が瞼の裏に浮かんでくる。

ディメーの話を聞いてアイセーラへの情念は積もるばかりであった。そして同時にそれを否定してくる客観的な見解。

会ってそしてどうする。今の自分に何ができる。それに社会とか、政治とかいう見えない壁が、触れさせない何かとてつもない大きなものがそれをさせやしない。なによりもアイセーラがそれを望んでいるのだろうか。かえって彼女は迷惑に思うかもしれない。

血が出るかもしれないほど唇を噛み締める。

『おかげさまで私は大丈夫です』

アイセーラは拳をかるく握って胸を張り、笑って答える。

『初めまして、アイセーラ・ウル・ホロスコープといいます』

アイセーラは、はにかんで俯きかげんにセイの瞳を見つめ返す。

『空は波をうってるのね。海のように』

アイセーラは高鳴る興奮を押さえられない。

『そして――』

セイとアイセーラの声が重なる。

セイの心に焼きついているアイセーラの輝きがますます光を放つ。

会いたい。

今、彼女は何を思っているのだろうか。ちゃんと布団に入って寝息をたてているのだろうか。それともいつくるかもわからない空襲に怯えているのだろうか。

セイは震える。

彼女はとても苦しかっただろう。

セイにはそう思えて仕方がない。事情を知った今ならなおさらだった。それは変わりようのない事実であった。望むとか望まないとかいうことではない。彼女の周囲の状況がそれを彼女にしいているのである。

僕にできること、何が?

わからない。わかるはずない。

想い、思いの葛藤が常識という壁に弾けてセイを懊悩させる。

もうどうでもいいじゃないか。

セイは寝返りを一回うつ。

考えることに疲れ果て、ついにはそれを億劫に思ってしまう惰弱な精神に支配され始める。

人は自分の思考の許容範囲を越える問題に接すると、その思考を停止させようとする負の力が働きかけてくる。それは一時的に精神を弛緩させる作用を行うが、やはり一時的な解決にしかならない。しかし一時的とはいえそれはとても楽な状態を生んでくれる。

でも――もっともっと大切にできた。彼女と過ごせた一瞬、一瞬を………？

セイは気づく。

今まで何を考えてた。それはとても真剣だった。

彼女のさらなる真実を知ったときの自分を思い出す。なんであんなにも激しく取り乱したんだ――ディメーには本当にすまなかったと思う。

なぜ？

僕はどうして彼女のことをあんなにも考えてしまうのだろうか。考えてしまったんだ。

まるで自分のことのように――

それは彼女を含めた自分のため？

セイは不安に包まれた混沌とした負の力を追い払うように首を激しく振る。

成長過程の精神には負の力に相対する力、無限の可能性を絶対に疑わせない正の力がある。さらに正の力と負の力を合わせもたせ、それは無謀ともいえる思考を実行に踏み切らせる力となる。

何かができる。

勝手に信じろ！

それは相手のことは置いといた勝手な思い込みの暴走かもしれない、でもそれでも構わなかった。

驚異的な思考の回転が始まる。

「アイセーラ、アイセーラ、アイセーラ、アイセーラ、アイセーラ！」

言葉に出してみないと伝わらないことばかり。俺はアイセーラに伝えなくてはならないことがたくさんあるんだ。だからやってみせる。このままではいられない……

セイはいつのまにか深い眠りに沈んでいった。


大ロンドン――世界でも有数の大都市であり、その芸術性も高い評価を受けている。しかしこの都市には建築上の統一性がほとんどなく、全体的調和ともかけ離れている。

首都ロンドンの管轄区域は限界線を越えて一八二〇平方メートルを包括し七五〇万人以上の人口を抱えている。行政上、ロンドンは二八の「自治区」に区分され、それぞれが伝統的な特権に支えられた独自の区役所を持っている。それを中央集権化による中央政府がとりまとめて大原則の議会制に従わせている。そしてさらに大きく四つの不規則な境界を持つ歴史的区域に分けられる。

区域の中心となる広場トラファルガ・スクエアからすぐ南と西に、政府機関の建物が並んでいる。この一番狭い区域に国会議事堂、各省とその関係局、君主の宮殿、および国の象徴的建物のウエストミンスタ寺院などが集まっている。さらに西へ足を運ぶとウエストエンドと呼ばれる区域があり、いわゆる指導者階級、つまり上流階級の人々の邸宅、および環境保全を看板とした広大な公園がある。

逆に東にいくとイーストエンドと呼ばれる区域があり、商業と金融を一手に担い、大ロンドンを横切るテムズ川に面する港が数多く存在している。中流階級の人々、いわゆる民衆の閑静な住宅街もこのうちに含まれている。

これらの地域を囲むような形で外へ放射線状に広がってゆく四分の三の地域が下層階級の人々の住居であり、工場地帯になっている。元来保守的なイギリス人ならではの首都の形成分布図であり、地域ごとに景観が一変するのが大きな特徴である。

トラファルガ・スクエアから蜘蛛の巣のように広がってゆくストリートの一つに面する俗にいう一流ホテル「アカシア」の一室でその会見は行われた。林立するクラブやこのホテルに優るとも劣らないホテル群によってその区域は形成されていた。通常このような会見は政庁か迎賓館で行われるのだが、非公式ということも考慮に入れて、あえてそういう場所は避けられた。

それに非公式とはいえ、家族の対面をわざわざ政庁や迎賓館といった場所でする必然はないという政府の指示に基づいていた。ポーランド亡命政府の横槍が入ったせいもある。

それ故にオーギット・ホロスコープ大佐自らが出向くという形式がとられたのである。

豪奢な紅いカーペットの敷かれた部屋で彼は政府の外交官の一人、ルフォルト・フルハウスと対峙していた。

赤毛の顎髭を貯えたオーギットは軍服に身を包み、生粋の武人であると見る者に威圧感を与える。対するルフォルトは細面ながら、その双眸に近づき難い厳格さが漂っていた。

人払いをしてからルフォルトは重圧のある声で話し始めた。

「ついにドイツの手はイギリスの首都圏にまで及ぶようになりました。大佐も御存じの通り今年の六月にフランスまでもが屈服させられました。我が祖国も大佐の祖国と同じ運命を辿るかもしれません。

大佐は我が祖国に協力してくださることを承諾してくれました。しかしこのような結果になって申し訳ないと思っています。大佐の希望通りことは運ぶ予定でした。だが大佐の娘を戦火から遠ざけるという事項は上層部で破棄されてしまったのです。一度は了解を得たものの……」

「気にしなくて結構だ。貴公のせいではないからな。それにまだ吟味する余地は残っているのだろう」

ルフォルトのそれ以上の弁明と苦渋の言葉を制してオーギットは言った。彼の次の言葉を待たずともその先を理解していたからである。娘のアイセーラが戦火に晒されようとしている大ロンドンに送還されたのが、イギリス政府のやり方なら憤然とした怒りを露にしたかもしれない。しかしあまりにあきれて冷めてしまっていたのである。

マルコやディメーの知らない事実がここにある。

アイセーラの送還を求めてきたのはルーマニアから大ロンドンに移ってきたポーランド亡命政府なのである。ドイツに祖国を奪われたポーランドは、亡命政府として一度はルーマニアに身を寄せるものの内部派閥抗争によってイギリスへと移転したのであった。そのおかげでオーギットはかつての盟友達と再び組むことができたし、イギリス空軍に加勢するという形で傭兵制をとることになったが、ポーランド空軍の再編成を許れた。しかし彼の思惑通りにいかないのが時の無情さである。ポーランド亡命政府はイギリス政府に人材を貸しつけることを条件に、亡命してくるポーランド人をすべて自分達の管轄下に置きたいと要求したのである。

オーギットは狡猾すぎるなと心中に唾棄した。

イギリス政府にとってそれは当然要求されてくる問題であり、協議の後、受諾された。故にイギリスの外交官であるルフォルトの命でリトルロンドンでの市民権を与えたアイセーラの件も取り消され、ポーランド人に関する一切の権限は亡命政府に帰属することになったのである。組織に属する一介の外交官であるルフォルトには政府間の取引に、くいさがることはできなかったのである。彼にしても女子供を戦火の下に晒したくはなかった。

「それよりも今日再び娘に会えるのは楽しみにしていたよ」

「ええ、そうですね。ではこちらへ、案内します」

そう言ってルフォルトは隣室のドアに向かう。

「はい」

ドアをノックする音に応えてアイセーラは緊張気味だった。今まで重く閉ざされていて触れてはならないように感じていたドアが今、ゆっくりと開いていく。

たった数週間、離れていただけなのにこんなにも感情が高ぶるなんてと思いつつもアイセーラは父オーギットの側に立つルフォルトにきちんと会釈をした。ルフォルトは彼女に返礼をしてすぐに隣室に引きこもってしまった。彼は二人の再会終了時刻まで、自分の抱える懸案事項に頭を悩ます予定である。

アイセーラの前にかつて彼女の敬愛と侮蔑を受けた男が立っていた。

空気が質量をもっていた。

「元気そうでなによりだ。リトルロンドンの町はどうだった?」

「は、はい。とても素敵な人達と出会えました」

久しぶりに聞くオーギットの声にアイセーラの声はうわずってしまった。

オーギットは幾分、棘がとれたなという感想を抱いた。リトルロンドンに立つ前のアイセーラは彼に対してある種の愛憎を抱いていたのだ。彼女は今この場にいない母のことをすべて父のせいにしていたのである。

アイセーラの母エスケスタ・ホロスコープは祖国ポーランドに今もまだ残っており、その消息は掴めないでいた。父と母の間に何があったのか詳しく知らないが、アイセーラの少女心に父が母を見捨てたという気持ちが表に出てしまっていたのである。軍人として純粋すぎたが故に家族のことにまで気持ちをまわさなかった父を恨んだのである。

エスケスタと離ればなれになり難民船に紛れてポーランドを脱出したアイセーラは、イギリスに上陸するとオーギットはすでに亡命者としてイギリス政府に好待遇で受け入れられていたのである。そのタイミング、都合の良さが少女心に燗に触ったのである。彼がどういう過程を得てそこに至ったのか理解を示さず、自分勝手な低俗な妄想に首までつかってしまっていたアイセーラは正面から対峙することができなかった。またオーギットも黙して語らずの姿勢だったので、親子の対面もあやふやのまま彼女はリトルロンドンへと流転させられたのであった。

「そうか……母さんは」

「何も言わないでください。私、努力しようと思うの」

アイセーラは父が母のことについて触れようとしたのでそれを遮った。

オーギットは性急すぎたかと思い直していた。妻エスケスタが祖国ポーランドでレジスタンス活動に身を投じているらしいという情報を彼は手に入れていた。しかしそれはある意味でエスケスタに死の宣告がされているようなものである。それほどドイツ占領下のポーランドでそのような行動に出るのは無意味とまではいかないまでも無謀であった。祖国ポーランドにはアウシュビッツ強制収容所が造られていたのである。

ユダヤ人および反乱分子の処理場としてその機能を果たしていた。アウシュビッツとはドイツ名でポーランド語ではオシビエンチムという小さな町にその収容所は建設された。さらにそれらを取り仕切るドイツの秘密警察ゲシュタポの存在も恐怖を増幅させる。エスケスタも捕まれば当然そこに送られるであろう。

オーギットはらしいという不確定要素を確定要素のように口に出すのはまだ控えておきたかった。特にアイセーラの前では努めてそうしておきたかった。

「ごめんなさい。まだ時間が欲しいんです」

アイセーラは胸中で思っていることと反対の態度をとってしまう自分が歯がゆかった。今すぐにでも父の力強く太い、そして温かい腕に抱きすくめてもらいたかった。でもどうしてもそれはできなかったし、口にも出せなかった。今はとにかくお互いの無事を確認できたのだから、後は時間が欲しかった。

亡命者となってからアイセーラは刹那的に物事を考えるようになっていた。それ故に父と腹を割って話せるようになるのにはもう少し距離をとりたかったのだ。

オーギットも元来多くは語らない方であり、またこれ以上のかける言葉を探すことはできなかった。

フルハウス家の所有する羊牧場は、邸から約二〇分ほど歩いたなだらかな丘の斜面に広がっていた。

今日はいつも羊の面倒を見ているアレフが体調不良のため当番をセイが代わってあげていた。

番犬のシャーベックを連れ、無理やりついてきたセピアハープとで今、この場を過ごしていた。

セピアハープは自分なりに記憶が戻るよう努力していた。今日ついて来たのも墜落現場に近い所に身を置き、少しでもきっかけが掴めたらと思ってのことであった。

彼女もまた自分にできることを探していたのであった。

丘の向こうに広がる視界全部を占めるペナイン山脈の尾根が雄大さを演出している。

羊の番はシャーベックに任せて、セイは草原に寝そべっていた。

セイはやつれていた。

あの夜、アイセーラに対する想いに気づいたセイは強い決心を胸に秘めた。しかし実際何から手をつけていいのか迷っていた。もう二日も経ってしまったというのに、何も行動できずにいた。

もどかしい自分を呪いつつも、考えふけることに時間は無駄に費やされた。

自分一人でやりきらねばならない。しかも時間はない。そのプレッシャーはとても重く体にのしかかっていた。それが逆に彼の行動力を著しく制止させていた。

ただ草原に寝そべらせていたのである。

セピアハープがセイに近づいてくる。

セイは彼女に気づいていたが無視して、そのまま宙を仰いでいた。

セイの視界が急に真っ暗になる。

セイの視界を遮るようにセピアハープが覗き込んでくる。彼女の髪が風に揺れてセイの鼻先にあたる。くすぐったい感触に襲われながらセピアハープが風を運んでくるとセイは思った。

セピアハープの顔がセイの視界いっぱいに広がってくる。彼女の唇そして吐息を数センチに感じて驚いたセイは、いきなり体を起こす。

ゴチン！

すごく痛そうな鈍い音がして、セイとセピアハープの額が衝突する。

セイはもんどり打ちたいのを我慢して、痛みに耐え声をなくした。セイとは反対にセピアハープはあまり痛そうには見えず、きょとんとしていた。

セイはこの石頭と思いつつも、ほっといてくれという視線を彼女に向け、その場を立ち去ろうとした。しかしズボンの裾をすごい力で引っ張られ、バランスを失い尻餅をついた。

驚くセイの表情を楽しむようにセピアハープはケラケラと笑った。

セイはあんな細い腕にもこんなにも強い力が宿っているのを知り、女性に対してのショックと改めて認識しなくてはならないことの発見に戸惑いを覚えた。

セピアハープはいたずらっぽくセイの後ろに回り彼の背中に指を走らす。

何をそんなに思いつめているの。

彼女はセイの背中に指で文字を描く。

……セイは黙ったまま俯く。

人は村をつくります。昔から。それは人の知恵です。集まって群れをつくり、ともにいろいろ考え大きなことを成し得ます。群れが村へそして町になる。それは種の繁栄へとつながっていきます。

セイはセピアハープの描くイメージが頭に描けなかった。

何もいってはくれないんだ。

セイはまだ黙っていた。

一人じゃないのよ。

セピアハープは背中からセイを抱き締めて、その手を彼の少しやつれた頬にはわす。

セイは不思議にアイセーラのときには感じたドキドキを感じなかった。しかしアイセーラと過ごしている時間に感じた安らぎは感じていた。

セイが重い口を開く。

「セピアハープはどうして僕が一人だと思うんだ？　そんなに今の僕は疲れてみえる？」

再びセピアハープはセイの背中に指をはわす。

うん。全部一人ではできないわよ。周りをみてごらん。

セイは自分の周りの風景に目をやる。

一つだけで成り立っているものは何一つないよ。ほら、イメージして！　自然が世界が迫ってくる。

セイはとても息苦しくなってきた。彼女に言われるまま周りを見渡すとそれが急に眼前に迫ってくる感覚に襲われ、圧迫感を覚えたからだ。

草が森が山が水が川が風が空が迫ってきてセイの目を解して体に飛び込んでくる。

それはとても恐ろしい錯覚であった。

しかし無限の広がりを感じもした。

人の声が聞こえる。

カイの声、ディメーの声、メリーワットの声、シャレルの声、友人達の声、クラスのみんなの声、リトルロンドンに住む人達の声、ヨークシャー地方に生きる動物達の声、そしてアイセーラの声が聞こえる。

そこで彼は正気に戻る。全身にびっしょりと汗をかいていた。

イメージすることってとても体の潜在能力を使うけど、なんでもできるっていう勇気を与えてくれないかな。

「わからないよ」

セイは震えながら答える。ひどい寒さを感じた。

じゃあ、そうなる自分を想像してみて。

セイはさっき体験したアイセーラの声の先に彼女を見つけ、力ある限り彼女を抱き締める自分をイメージした。

ほら、心がきっとかるくなる。もう苦しくないでしょ。セイはどうしたいの？　何を叶えたいの？　イメージは自分勝手なものでいいんだから。そうありたい自分の姿をイメージする意志がきっと叶える力になる。

結果だけを求めてすぐ近道したがるもの。

みんなの力が必要なら借りよう。

昔からみんなそうしてきたんだから、悩む必要はないわ。

足りないよ、努力がね！

セピアハープは汗を大量にかいていた。唇の艶が増す。

セイは彼女のその姿を見て、

「おかしくなるよ。セピアハープといるとなんか変になる。でもプランができたよ。僕自身の勝手なイメージを叶えるための——みんなには迷惑をかけてしまうな、きっと」

セイはよろよろと立ち上がる。セピアハープは立てないでいたので、そのままその場にへたりこんでいた。

「セピアはなんでもお見通しなのかな。これから世界がどうなっていくのかもきっと知っているんだろうね」

『私はずっと見てきた』

セイは振り返る。そこにはきょとんとした目のセピアハープが彼の背中を見あげているだけだった。

気のせい？

セイはセピアハープの声音を聞いた気がしたからだ。

一陣の風が流れる。


フルハウス邸の庭に植えられた大きなブナの木の下で、幹にもたれかかったセピアハープはその様子を窺っていた。

午前中風は全く吹いていなかったが、妙に空気は清涼感を含み、肌に優しかった。

セイはいつもより早くフルハウス邸でのアルバイトが始まる時間の前に、カイを連れてきていた。そして話したいことがあるといってディメーにも庭に出てきてもらっていた。

カイとディメーはセイの話しを聞いてしばらく黙り込んでしまっていた。

「ふざけているのか！　兄さん」

「僕は本気だよ。頼む、力を貸してくれ、お願いだ。カイ！　ディメー！」

「……セイ」

カイとディメーは、正直いってセイの計画に賛同してあげたいと思いつつも不可能であると思っていた。そんなことに加担できるとわけないと彼の精神を疑いもした。

「兄さん。現実をもっと直視しろよ。全くもってアイセーラさんのことは気の毒だけどどうしようもないことだろう。俺達はまだ子供だぜ。兄さんはそれ以下かよ」

カイは厳しく糾弾する。

「なんだと——っ！」

セイはカッとなってカイの襟首をつかむ。

「……やる気かよ。力づくでさぁ」

セイはグッとカイの目を睨む。カイも負けずにそれを受けて睨み返す。

「カイ、言いすぎよ。二人とも落ち着いて。でもセイ、私達の言いたいこともわかって。気持ちはあなたと同じよ。でも、できることって——少ないと思うわ」

セイはカイから顔をそむけて唇をギッと噛み締める。そしてカイの襟首から手を放し両手両膝を地面につき、額を土にこすりつける。

「頼む…力を貸してくれ。俺一人では何もまだできないから。でも引けない行動、譲れないんだ、この想いだけは、だから頼む」

「やめてくれよ。兄さん」

「セイ、そんなことをしてもなんにもならないわよ。だから顔をあげて。そんなの見たくないから」

セイの額に近い地面が湿ってゆく。体が小刻みに震える。

「お願いだ」

「兄さん、そんなの一方的すぎるよ」

「まさか……そんなになの」

ディメーは目を見開いて動揺を露にした。

彼女はセイの想いの方向、その重さに女の直感で気づいて必要以上に驚愕した。

カイは察して、ディメーの瞳の奥にちらついたそんな想いに失望を見出していた。

セイの涙に彼自身も動揺していた。

『なんで涙が出るんだよ。どうしてなんだ。かっこわるすぎるよ。卑怯だ』

セイは自分を罵りつつも、それよりカイやディメーの反応が気になった。

「だからってセイの思うようにはならないわよ」

ディメーは突き放すように言い放つ。

『不可能じゃないわ』

三人にはそう耳鳴りがした気がした。

「セピアハープ?」

三人は同時にセピアハープに注目する。

セピアハープは注目を浴びつつゆっくりとセイに近づいてくる。彼女はセイの前に膝まづいて、ポケットから空色のハンカチを取り出す。そしてセイの額から涙と土混じりで汚れた顔を拭い、目にかかる髪を掻きあげる。

その手から、セイはがんばれと応援する彼女の気持ちが伝わってくるような、勝手な想像をした。

セピアハープは悲しそうにカイとディメーを一瞥した。

「今、君の声が……」

カイは問う。

セピアハープは首を振る。彼女はセイの土まみれの両手を取って彼を支える。

ディメーは彼らの、いやセピアハープの一挙一動から目が離せないでいた。彼女は二人に駆け寄って、セピアハープを後頭部から殴るイメージがわいた。眉間に少し皺をよせ、握りすぎた拳には血管が浮かんでいた。とても太く。

『そこは私の憧れの場所――』

ディメーはもうその場にいたくなかった。

その光景をこれ以上目にしていると、感情を押さえきる自信がなかった。

「セイ、カイ。今日はもう帰ってちょうだい。それからアルバイトの件、今日までありがとう。でもおしまいよ。もうこなくていいわ。理由はわかるでしょ。私はあなた達の夢に協力したかったから。セイにそんな危険を負わせるようなことのために、今まで投資してきたわけじゃない」

ディメーは自分でそう言った拒否を口にしていて苦しかった。悪人にならなくてはと焦っていたので早口になった。

セイ達の姿が滲んでみえた。もう限界であった。

ディメーはその場から去ろうとする。

「待って！」

セイの呼びかけに一瞬迷いが生じディメーの足が止まる。しかし振り向きはしなかった。

「……諦めない。諦めないから。またくる」

ディメーはセイのほうには振り向かず小走りに邸内に消えていった。

もう一度呼びかけられたら、すべて許して振り向いてしまいそうだったからだ。

「兄さん。しつこいよ」

カイはやるせない気持ちで足元の土を蹴ってそう吐き捨てた。

『なんで俺じゃないんだ』

カイはディメーを追いかけて行った。

残されたセイとセピアハープは動かなかった。セイは自分の濡らした地面がすぐに渇いてゆく様をじっと見つめていた。

セピアハープは空を見あげ、流れてゆく雲を見つめていた。

側の大きなブナの木の緑の葉が大きく揺れ始めていた。風が少し出てきたようであった。だんだんその風力はあがってゆくような予感がセイにはあった。

自分に向かって吹いてくる気がしたから。

バルジは自分の工房の二階にある事務所で、ゆっくりと午後のティータイムを味わっていた。

室内は煙草の臭いと男臭いというか、バルジの香りというべきものがない混ぜになっており、くつろぎとはほど遠い雰囲気があった。

無造作にデスクに広げられた設計図、煙草の灰の溢れる灰皿、染みのついたカーテン、埃のたまった棚など、いつから掃除をしてないのだろうかと思わせた。茶けたソファが妙に哀愁を帯びていた。

ギュトーが、鍋に沸かしたお湯を洒落たティーポットに継ぎ足すために注いだ。そして少し濾してから、バルジ専用のティーカップになみなみと熱い紅茶を注ぐ。

バルジは満足げにくわえパイプを置いて、その香りを味わってから慈しむようにカップを口元に運び、一くち口をつける。

妙にこっけいな光景であった。ティーカップがとても小さく見えた。

バルジは瞼を閉じて悦にいっていた。午後のティータイムはここ何十年も欠かしたことはなかった。そしてそれはいつも浮かぶ。瞼の裏を少し赤みの帯びたスクリーンにして、その映像は焦点の合ってない映写機から投影されていた。

バルジは若かりし頃、セイの父キリュウに出会う前パイロットをしていたが、喧嘩による網膜剥離によって目を煩いパイロットを続けることを諦めた過去があった。一時期は手のつけようがないほど飲んだ暮れて荒れていた。酒による緩和作用に逃げていたのだ。

酔い潰れるためにウォッカを一気飲みして、店内から外へダッシュする。普通なら心臓が停止するくらいのショッキングな負担が体にかかるはずだが、あまりに悲しすぎて倒れることができなかった。何度もそれを続けようとするので、飲み仲間が止めようとしたくらい無茶を重ねていた。バルジはそんな仲間達を勢いに任せて殴ったりもした。そんなことの繰り返しからしだいに彼は孤立していった。

ある時も酔い潰れ吐く物もなく千鳥足であてもなく、夜の町を徘徊していた。

路地裏にある人気のなさそうな一軒のバーの看板が目に入った。バルジはなんの障害も感じずにノブを握り店内に入った。

店内は薄暗く客はまばらであった。

彼は照明のあたらないカウンター席に腰を下ろした。店の奥から太ったバーのママらしき人が出てきたが、バルジを一瞥さえせず注文もとりにこなかった。

ほっぽかれたバルジはそのまま寝入ってしまった。そして暖かい香りに導かれるように目を覚ました。

鼻の前に紅茶が置かれていた。

自然と手が動き口元にそれを運び唇を湿らす。真から熱くなってきた。

店内を見回してもバーのママの姿は見つからなかった。結局お礼も言えず店を出ることになったが、その時の紅茶の味は忘れられないものとなり彼ははまってしまったのだ。

ティーカップやポットなどをコレクションするに至るまではまっていた。

そんな至福の時を味わっているときに事務所の扉はノックされた。

セイだった。

セイは事務所内に通されてソファに腰を下ろした。

「今日はどうしたんだ。注文を受けてる品物はまだ届いてはいないぞ」

セイはバルジが妙に上機嫌なのを怪訝に思ったが、それに勝算を見出そうとした。

「いえ、今日はそのことの催促ではないんです。お願いがあってきました」

「お願い？　なんだ」

ギュトーがセイの前に紅茶の注がれたティーカップを置いた。

セイはお礼を言ったが一くちも口にせず、さげてきた鞄から自分の製作している動力飛行機の設計図を取り出して、ソファの前のテーブルに広げた。

「実は大ロンドンに行きたいんです。現在製作している動力飛行機の設計図の修正と水陸両用機に換装するための部品の手配及び、その組み立てをできれば完成まで手伝ってもらいたいんです。時間が限られているので。そして毎月ギュトーさんが物資の買いつけに大ロンドンに行っていますよね。できればそれに同行したいんです。それにかかる経費は後日必ず返しますから、貸しにしといてくれませんか」

セイは自分で言っていて、都合のいいことを並べたてていると思った。バルジをじっと見つめてその反応を待った。その数瞬の時間はとてつもなく長く感じられた。

汗を背筋にかいた。妙な緊張感を抱いた。

バルジは持っていたティーカップをテーブルに置いた。

「冷めるぞ」

バルジはセイに出された紅茶のことをいっていた。

機先を削がれた気がしたが我慢した。

「そんなことよりはっきり言ってください」

バルジは凄むセイを睨んで、

「結論からいうぞ。諦めろ。そんなことを聞いてくれる人がいると本気で思っているのか」

セイはその返答を当然想像していたが、淡い期待も消えていなかったからショックを隠すことはできなかった。

「どうしてです。きちんと説明してください！」

「それはこっちの話しだ。説明になってないのはお前のほうだ。勝手なことを言うな。まず、なぜ戦争の始まりそうなこの時期に大ロンドンへ行きたがるのだ。それにわしよりも先に話をしなくてはならない人に相談してからきたのか。わしにはそう思えなかったぞ。カイ達は賛成しているのか。一緒に頼みにきはしないのか。動力飛行機はお前だけのものじゃないはずだ」

セイは息が詰まった。

「それは……」

「やはりな。なら話にならんな。聞かなかったことにしてやるからもう帰れ。ティータイムはおしまいだ」

バルジはキッチンのギュトーを促す。

「大ロンドンに会いたい人がいるんです」

セイはそれ以上何も言えず背中をまるめてしまう。

バルジはセイのテーブルの前に置かれたティーカップを持って彼に手渡す。少し紅茶はぬるくなっていた。

「そのティーカップはわしのお気に入りの一つだ。お前の母親のメリーワットがプレゼントしてくれたものだ。彼女を悲しませるようなことはするな」

セイのティーカップを握る手が震える。目でそのカップの装飾をなぞった。

「どうしても行きたいんです。約束があるんだ……」

バルジはひどく思い詰めた目をしているセイが心配だった。余裕がない人は惨めに見える。身に染みてそのことを知っていたからなおさらであった。

「わしよりも先に説得する人がいる。最初からわかっていたのだろう。逃げ込むのはたやすい。その人と向き合え。それからこい」

バルジはそう言ってセイ一人を事務所に残し、ギュトーを連れて階下の工房へ階段を降りていった。その階段を彼らが降りるカツンカツンという音がセイの耳にやけに残った。

「ぬるい――」

セイはぬるくなった紅茶を一気に飲み干した。改めて実感した。カイやディメーのときもそうだった。

想いだけで人は動いてくれない。

最初からその難しさを覚悟はしていたけれど心根で堪えていた。でもイメージはしようと思った。みんなが協力してくれている光景を。そうでもしないとみんなを嫌いになりそうだったから。へこんでいる時間もないということも彼の行動を促進してくれた。

セイは夕暮れの坂道をとぼとぼと歩いていた。その足取りは疲れていることがあからさまであった。この坂道は初めてアイセーラと出会った場所であった。彼女の出てきた路地から彼女がまた出てきそうな気がした。

幻想でもいいからアイセーラの姿を見たいとも思った。またしっかりと前を見ずに走ってきそうだった。

そんなことはあり得もしないことだった。

こんなことを考える自分が情けなかった。

アイセーラと衝突した場所でやはりすがりたいのか、足が止まってしまった。

まだ彼女の存在のかけらでも残っていそうだった。キョロキョロと辺りを見回してなんでもいいから見つけられたらと思った。

徒労に終わった。

再びセイは歩き出した。ポケットに突っ込んだ手には、少しばかりのお金がしっかりと握られていた。そのお金は自転車と父の形見の本を質屋に入れた代金だった。たいしたお金にはなりはしなかったが、少しでも足しになればいいと思っていたのだ。

セイの引く影はとてもとても長かった。

カンカンカン、ジ、ジジィ、ジィ。

昼間の暑く湿気の含まれた空気とは少し変わって、ぬるく淀んだ空気がプレハブの倉庫内の工房で膨らんでいた。窓は全開にしていたが全く無意味な行為に思えた。湿度は全然下がっていなかった。

パチンとセイは作業着をまくって露出した肌に平手打ちをする。羽虫などは倉庫内に入り放題だったので、腕にかゆみを覚えることも少なくなかったが、大して気にする余裕は彼にはなかった。それほど焦っていたし集中して作業に望んでいたのだ。

首にかけたタオルで汗を拭いながら動力飛行機の製作にのめり込んでいた。

時計にちらりと目をやると二三時を過ぎたところだった。

煌々と辺りを照らすライトのコードがわずかにそよぐ風にのって揺れる。

一人セイは孤独の中にあったが、カイが寝着のまま倉庫にやってきたので話し相手ができた。ちょっと期待もした。

「何をしているんだい」

セイはわざと手を止めず作業を続けながら答えた。

「見ればわかるだろう」

「まさか本当にそれを完成させて大ロンドンにゆくつもりなのか」

「朝言ったろ。冗談だと思っていたのか。たった一人でもやってみせるさ。手伝ってくれる気になったのかい」

セイは手を休めてカイに笑いかける。それはカイの癇にさわった。

「そんなに彼女に会いたいんだ。会ったからってどうなるものでもないだろ。何を期待してるんだよ」

「よくわからない。でもそうしたいんだ」

「そんな気持ちなんだ。それで、いやそのためにはなんだってするんだな。軽蔑するよ」

「……なんのことだ?」

「とぼけるなよ。自分の自転車を質に入れるのは兄さんの勝手さ。でも父さんの形見の本をそれに使うのは絶対に許せないことだ」

セイはばつが悪くなり、カイを無視して作業に戻ろうとする。

「逃げるなよ。なんとか言ってみろよ」

「……一時的に借りただけだ。すべてが済んだらちゃんと質から出すよ。約束する」

「そういうことじゃないだろ。じゃ、俺のこの憤りはどうする。その動力飛行機だって兄さんだけの夢じゃない。俺だってかけているものがそれにはあるんだ。あの人と一緒に飛ぶために。この想いに対する代償を俺は求める。勝手にはさせない!」

「全部ちゃんとする。父さんの形見であれ過去ではなくこれからの僕らの未来に役立つなら何をしてもいいと思う。許してくれるさ。さっきも言ったとおり、永遠に失われるわけじゃないんだ。動力飛行機だってきちんとリトルロンドンに帰ってくる。それからならカイの自由にして構わないから。全部貸しといてくれ」

「だからそういうことを言っているんじゃないと何度も言っているだろう。こっち向いて話せ！」

カイはセイの突き放すような態度に我慢ならず、側のテーブルの上にあった工具入れを手で乱暴に払う。

工具が重い物順に乾いた音を立てて床に転がってゆく。耳がキンと痛かった。

セイはゆっくりと立ち上がってカイの前に立つ。二人は互いに同じ視点の高さで睨みあった。

「そんななのか！」

カイはセイの形相を凝視して驚嘆の息をのむ。

セイの瞳は紅蓮の炎のように真っ赤であった。決して涙を流してはいない。カイはその静かな迫力に気負されていた。

セイのこんなにもひどい顔を見たのは初めてだった。ライトの真下に立ったセイの頬は、こけていた顔の凹凸にそって影がいくつもできていた。たった一日でなぜ彼はこうも疲れているのだろう。思い詰めると人はこうも容姿を変貌させてしまうのか、と畏怖心を抱いてしまった。

「兄さん。何をしても構わないのかよ。俺達の気持ちでさえ。そういうの卑怯だよ」

カイはそこまでできるセイに悔しかった。

歯ぎしりをして衝動を噛み殺した。

カイにもわかっていた。他人のことを思いやることは、ある目的を遂行するのに時には足かせになってしまうということが。本来、行動とは勝手なものであったから。

カイは後退りしながら倉庫を出た。焦ってその場を去るのはプライドが許さず、あえてゆっくりと出ていった。

セイはその背中をちょっとだけ目で追いかけてから、カイの散らかした工具を拾い集め始めた。

カイと入れ替わりでメリーワットが倉庫へやってきた。その手にはトレーを持ち、セイのための夜食がのっていた。

「どうしたの？　なんかカイ、怒っているようだったけど、喧嘩でもしたの？　仲良くしなさいっていつも言ってるでしょ」

セイは工具をすべて片付けて作業を再開しようとする。

「まあ、いいわ。お夜食作ったんだけど食べる？」

メリーワットは寝着にエプロンをして髪は後ろで無造作に結っていた。彼女は側の丸いテーブルにトレーをのせた。トレーにはサンドイッチと牛乳の入った大きめのカップがのっていた。

「ありがと、母さん。後でいただくよ」

「そう、あまり無理はしないで早く寝るのよ。私から見ても今日のあなたひどい顔してるわ。カイもきっと心配してるのよ」

セイは今日、鏡を見ていなかったので、今の自分はそんななのかとかるいショックを受けた。

「母さん、明日朝早いところ悪いんだけど、少し聞いてもらいたいことがあるんだけれどいいかな」

「あら、珍しいわね。いいわよ。少しだけなら、何？」

セイはまだ迷っていた。でもいつか打ち明けねばならないことだったし、なら少しでも早いほうがいいとも思った。でもいざ本人を前にすると堅固な意思も揺らぎそうであった。

「大ロンドンへ行きたいんだ」

その後にセイは昼間バルジに説明したことと、ほぼ同じことをメリーワットにも言って聞かせた。

メリーワットはセイの目を真っ直ぐ見て真剣に聞いてくれていた。すべて聞き終えた彼女は腕組みをし、瞼を閉じて考え込んでしまった。

セイは慌てて結論を急ぐことはしないで、黙ってメリーワットの返答をじっと待っていた。

「許しませんよ」

メリーワットはセイの想像どおりの反応を示してくれた。それは母として当然の選択であった。しかしそれはセイにとって絶望でしかなかった。

メリーワットの中の矛盾として、息子達がキリュウと同じ飛行機にかかわることを拒む気持ちが心の秘奥に確かに存在していたのである。

かつては飛行機に夢中になり、ただ空を飛びたいというキリュウの夢に共感を覚え、そして惹かれ、彼と同じ夢を永遠に見ていたいとさえ思った。しかしキリュウの死によってその思いは急速に萎えてしまっていた。

「セイ、わかってちょうだい」

メリーワットは伏せ目がちにそう言う。

「母さん――」

そう言いかけたセイの続きを遮るように、

「もうやめて！　お願いだから。もう何も失いたくないのよ」

彼女は普段出さない声をあげる。

今、大ロンドンは、いやこのイギリスは戦争へと引き込まれようとしている。そんな危険な場所へ腹を痛めた息子を送ることなど普通の神経ならできるはずはなかった。

セイは初めて目にするこんな母の姿に同情を感じた。

「……母さんが父さんのことで反対するのはわかるんだ。でもその父さんがあの時、最後の一瞬に僕に教えてくれたんだ。『俺はまだ、あの空の向こうに届いていないんだ。今見えたんだ。もっとすごい世界が…。守りたい——全部』父さんは母さんへの想いは遂げることはできた。でもより多くの願望があり、きっとそれは自分でも制御できないほど膨らんでいて絶えることは絶対ないんだ。人は常に自分の向上心と戦っていなければ自分を確認できないと思うから」

「………」

「僕はまだ全然未熟だけど母さんの、いやみんなの想いに支えられて生きていることは自分なりに自覚してるつもりだよ。でも足りないんだ。新しい想いに走りたいっていうか形を理解したいんだ」

「セイ——」

「——その人が死んでから考えたりするのは難しいし遅いと思う。俺も想いを届けたい人ができたんだ。たとえそれが一方的であっても、押さえられない仕方のないものなんだ。ただ少しでも彼女のためにできることを探しているだけなんだけど、本当のところは何もわかってないのかもしれない。でも勢いは信じたい」

「セイ、アイセーラさんのことを——」

セイは恥ずかしげに目元をこすり唇の片隅に微笑を含ませる。

「もやはかかってる。ただ好きよりも大きく強い想いがある——と思う。それを確認するためにも彼女に会わなくてはって勝手に思ってる。それにそういうのはその場その場の感情の起伏のみで発するものではなく、これから生み育てることができればって思ってるし、そう信じてる。アイセーラを助けたい。これだけは心かなわずとも成し遂げたい。そうしたいんだ」

セイ自身、自分の気持ちに思い込みがあるのはわかっていた。でも今はこれで十分だったのだ。行動するだけの価値はすでにあったから。

『気持ちの糸は練り合わして紡ぎ育むもの』

メリーワットは表情に表わしはしないものの、心の中で涙を流していた。亡くなった今でも強い影響力と言葉を残していけるキリュウ、そして、それぞれが自分の見解でそれを継承していく。

いつの日か子は親から離れてゆく。

メリーワットは、一七歳のセイが精神的に離れていこうとしているのを敏感に感じとっていた。しかしそれは親にとってうれしい認知のはずであった。

自分もそうであったように。

でもわだかまりは決して消えはしない。それは人として当然のことであろう。だからといって、セイの新しい家族となれる可能性を持つアイセーラを失うのはいけないと思っていた。愛とか友情とかいった感情からそれらは発しているものではない。もっと精神の奥深いところからそれは端を発してきている。それは脈うつ精神、躍動する成長とでも言い替えられることができるかもしれない。

メリーワットにも英断するときが訪れているのかもしれない。

気持ちよくセイを大ロンドンへ送り出してあげたいと思った。どうせ引き止めてもこれだけの決意は、流れからいって止められやしないのはよくわかっていた。キリュウのときもそういう決断を迫られるときが多々あったから。

そういうところこそ似て欲しくはないと当時は思ったが、逆にいうとそこがとても彼を愛らしく感じるところでもあった。

メリーワットは決断した。

セイの大ロンドン行きを応援しようと。そのためにはどんなことにも全力で力を貸す心づもりができた。

「セイ、私は――」

メリーワットはそう言いかけて急に声がわななく。

「私は絶対に許しません!」

メリーワットはセイの都合に合う母親でいることはできなかった。

「絶対に大ロンドンへ行かせやしない」

セイにとってメリーワットの言葉も声も強烈だった。失意がセイの瞳の精彩を奪う。

メリーワットは数瞬の前の決心とはうらはらに口と心が矛盾を引き起こしていた。

「もう飛行機乗りになることも許しません。私は一切、協力はしませんから。セイもよく考えればわかります。お願い、母さんをこれ以上困らせないで。もう無理できないの」

メリーワットの辛辣な拒絶と否定は、セイの頭蓋骨の中をグワングワンと反響してから脳を刺激した。

メリーワットはセイの母である前に個人になってしまった。

セイが消えていなくなってしまうイメージが脳裏に浮かんでしまったのだ。キリュウを失ったときのように、骨にまで差し込むような針の痛みは二度と味わいたくはなかった。

その痛みは心より体がよく覚えていた。だから彼女の中で衝突を起こしたのだ。セイの成長とかアイセーラの存在とかすべて関係のないことだった。

メリーワット自身の恐怖の記録だった。

あの事故のときのまま何も自分は成長せず、ずっととどまっていることに彼女は気づいた。

悲しみもまた抱き続けて生きるのも愛であった。しかし同じ思いを繰り返し体験するのことになるかもしれないが、少なくともメリーワットはそれを体験しなくて済む。そこまで皮肉くるようなことは考えていなかったが、反対することで落ち着くことができ、震えは治まった。

「わかってちょうだい。私の気持ちも」

メリーワットは黙り込んでしまったセイに念押しし、考えを改めるように逆に説得した。

「……」

セイはそれに聞く耳をもたず作業を再開した。セイは人に気持ちを押しつけられる体験をした。そしてカイやディメーに自分がしたことに対する彼らの気持ちも少しはわかった気がした。でも姿勢を変えることはできないと思った。道程が辛く険しくても貫き通すしかないと思った。

メリーワットは少し憤然としつつ、セイに早く休むようにすすめて倉庫を去っていった。

セイは茫然としながら自分に言い聞かせていた。

『まだ時間はあるさ。今できることをイメージしてがんばればきっと……』

それは理想に変わっていた。

セイは今夜の作業は貫徹になる覚悟をした。

メリーワットの態度に興奮を覚え眠れそうになかったからだ。

「わかった」

バルジはデスクの横に立て掛けてあった製図の束を掻き分けた。その中から一つ取り出してソファの前のテーブルに広げた。

セイはソファに腰かけてその製図を落ち着かない様子で見ていた。

「これが用意した水陸両用のフロートの設計図だ。サイズ的にも一番適しているはずだ。下にいって部品をギュトーに出してもらいな。一応揃えておいたからな」

「あ、ありがとうございます。でも」

セイはバルジがなんの疑いもなく自分の言葉を信じてくれたことに、逆に拍子抜けしてしまった。

「なんだ。かかった経費のことならちゃんと返してもらうぞ。わしも慈善事業でしているわけではないのだからな。何かまだ必要なものがあるのか？ あるならギュトーにでも言え。わしはこれから得意様に行かねばならないからな」

「あ、はい」

バルジは帽子掛けからよれた目深帽を選んでかぶり、製図を一つケースに入れて鞄と一緒にまとめて肩からしょった。

「そうそう大ロンドンへの買いつけの日程はまだ保留にしておいてくれ。手配するタイミングが難しくてな。これも戦争が始まるせいだ。それでも行くのだろう」

急いで出ようと事務所のドアのノブに手をかけた。

「あの――」

「なんだ」

バルジはドアを開けた格好でセイに呼び止められる。

「どうして何も言わないんです？」

「何をだ？」

バルジはセイの頼みを聞いてやったのにあまりうれしそうにせず、はっきりしない彼に首を傾げた。

「僕のこと疑わないんですか？」

セイは自分の言葉を信じ、聞き返しも疑いもしないバルジへの不信を口にするのを我慢できなかった。

「なんのことかと思えばそんなこと気にしていたのか。疑うことなど何もないだろ。メリーワットは賛成してくれたんだろ。わしはセイの言葉もメリーワットの言葉も信じる。それだけだ。

それより顔色がかんばしくないぞ。ちゃんと寝て食っているのか」

セイは何も言えなかった。バルジはそう言って、もうセイのほうを振り向きはせず、階段を駆け降りていった。

一人事務所に残されたセイは、消されたばかりでくすぶる煙草の煙の残る室内で、両手を組んでテーブルの上の製図を凝視した。

その製図はセイの製作している動力飛行機のサイズに合わせて、赤鉛筆で訂正をされていた。バルジはセイの説得の有無にかかわらず忙しい中、時間を割いてきちんと考えてくれていたことに感謝の思いが募る。

でも素直に喜べないでいた。

初めて信じて協力を得れたことが嘘で始まり、なんだか寂しく思えて仕方がなかった。傷つき、堪えた。でもそれは贅沢な悩みだとも理解していた。

長い道程だったと思った。アイセーラが去り、彼女に会いたいと決心してやっとその方法のきっかけにたどり着いた。それに伴ってバルジに言われるまでもなく、自分の体重の減ったことはショックであった。実際、胃の奥もなんだかキリキリと痛くて食欲も落ちていたからだ。バルジに嘘をついたことは、仕方のないことだと自分に何度も言い聞かせていた。

動力飛行機の製作は、説得よりも優先しなくてはならないと思っていたからだ。実際戦争が始まってより本格化してくれれば、危険度はアイセーラもそして大ロンドンに行くセイにとっても増したからである。同時進行でしていかなければならなかった。もちろん出発までには嘘を真実にしなければならないのは絶対だと思っていた。今はその手立ては思いつかなかったが、とにかくバルジは動いてくれたのだからそれは素直に喜ぶべきであった。

その空間はセイにとってとても懐かしく感じられた。空気を必要よりちょっと多く吸って肺を膨らます。時の流れがここだけ止まっている、あるいはゆっくりと流れているような錯覚を覚えた。

室内はアイセーラがいつ帰ってきてもすぐ馴染めるように、調度品などそのままで運び出さないでいた。ディメーの計らいであった。

兄マルコは片そうとしたのを彼女が反対していた。

セイは室内をよく見回し、かつて自分がこの部屋を訪れたときの記憶と合致させるように自然と試してしまった。机の位置、ベッドの位置、本棚の位置、すべてが一寸も違わず一致した。熱くなる感動があった。

セイは今朝早くディメーから電話をもらい、徹夜明けでこすりたい目を我慢してフルハウス邸に呼び出されていた。そしてディメーはセイをアイセーラの過ごした彼女の部屋へ案内した。

ディメーにとってすべてはここから始まったように思えて仕方なかったからだ。だからここで、彼女が今も見ていそうなこの場所で話しがしたかった。見せつけてやりたいという愚かな抵抗の気持ちもあった。

セイとディメーは立ったまま対峙していた。

ディメーはいつもより濃い化粧をしていて、セイには大人びて映り、少し憶していた。

その様子から、妙な緊迫感が二人を包む空気を張らしているように感じられた。

セイはディメーの態度が毅然としており、背筋もぴんと張って胸を反らしていたのに、ただならぬ決意を悟った。故に、彼も肩幅ぐらいに開いた足をその先まで踏ん張らせて、気負されないように身を固めた。

「昨日――」

先に口火をきったのはディメーであった。

「あれから私の後をカイが追ってきてくれたの」

セイは昨日朝、ディメー達に協力を求めて話し合ったことを思い浮かべた。

「そしてカイに告白されたの。ずっと好きだったって……」

セイの眉が寄る。カイがディメーに好きだという気持ちをついに告白したんだ。頭の中でそのことを反芻しながら自分があまり動揺していないのがわからなかった。ああ、そうなのかと逆に冷静でいる自分にあきれてしまう。カイがディメーのことを気に入っていることはずっと前から知っていた。それがカイに対して、そしてディメーに対して自分が一歩引いて遠慮してしまうところだったからだ。

セイはそのことではカイに譲っていた。

「それで――」

「……断ったわ」

「……なぜ？」

セイはそう言いつつもほっとしている自分を嫌な奴だと思った。

予感めいたものを感じる。

ディメーはそこまで極めて冷静を保ち、厳然たる態度をとっていた。セイも覚悟をもって彼女の言葉を待った。

「カイの気持ちはとってもうれしかった。私も彼のことは好きよ。でも」

「でも」

答えを妙に焦るセイは彼女の言葉尻に声を重ねた。続きがとても聞きたかったからだ。

「恋人とかそういうふうに彼のことを見たことは一度もなかった。だから彼の気持ち以上に、そう思ってしまった自分の気持ちがとても悲しかった。カイじゃないって」

ディメーはどうにもならない迷いのために顔を伏せた。

「どうしてカイじゃだめなんだ。僕が言うのもなんだけど、カイはすごい奴でとってもしっかりしてるんだ。だから僕なんかよりずっと頼りになるしディメーのこときっと守ってくれると思うんだ。そういうの僕が言わなくてもディメーだってわかってるだろ。わからないよ」

セイは頭で何も考えずに出る言葉でまくしたててしまった。それがディメーをより追い詰めているとも知らずに、いや知りようはなかった。セイもほんとにカイのことを思ってそういっているのか疑問が消えなかった。ほっとした自分とあきれるほど冷静だった自分の気持ちが妙なところでせめぎ合っていた。

ディメーはセイの言葉を待ってから顔をあげ、セイの目を視界に入れた。

お互いドキリとした。

「私はセイのことが好き、大好き、誰にも負けないくらいに」

セイはうれしかった。そして残念だった。

アイセーラに会う前にその言葉を聞いていたならどうだったかなとも想像した。

ディメーにもわかっていた。告白するタイミングが違っていたことが。しかしアイセーラがいなければ彼女はこうも焦って告白はしなかっただろう。それはカイにも言えた。

三人はお互いに恐れていたのだ。十年以上のともに過ごした時間が快適すぎた。男二人に女一人。どう足しても引いてもイコールにはならない。

誰かが誰かを好きになることで、その関係が壊れてしまうのがみんな恐かったのだ。それは修復がとても困難に思えたから。

「ディメーの気持ち、とてもうれしいよ」

セイは素直な感想を述べた。あくまで感想でしかなかった。そして彼女の言葉に感謝した。今まで、アイセーラに対する自分の気持ちにもやがかかっていたのが、晴れた気がしたからだ。セイはディメーのことが好きだった。

カイのことがなければその気持ちを大切にすることができた。でも今は自信をもって言える。この会いたい気持ちはアイセーラのことが好きなんだということに。

それをセイに確信させたディメーの告白はとても皮肉だった。

「――ごめん。その気持ちに僕は応えられない。僕は――」

「それってとっても残酷……ばか」

ディメーは確信した。セイが自分の気持ちに応えてくれはしないということを。

ディメーはもう何かを期待して待ってる自分が嫌になっていた。はっきりさせたいようでさせたくない。楽になりたいと逃げてる自分に答えがわかっていたけど求めてしまう。

ディメーはアイセーラより自分のほうがセイと一緒にいる時間が長いのに、その時間は恋の決定打にならないことへの憤りを感じた。そしてそれは好きになる根拠になりはしても、急に引き合ってしまったどうしようもない想いには勝てないことを痛感した。

ダメージは大きかった。今の一瞬まで期待はしていたからだ。しかしこの時まで待った時間は助けてくれなかった。

ディメーは膝が折れそうだった。

動悸が早鐘を打った。しかし表面的には超然とした態度を保ってみせた。

ディメーはアイセーラの使っていた机に向かい、一番上の引き出しを開ける。中から封筒を一枚取り出す。それをセイの前に差し出す。

「これを」

セイはディメーの手からそれを受け取る。

「昨日頼まれた物よ。アイセーラの大ロンドンでの滞在先の住所と地図が入ってる。後、動力飛行機の製作にかかる費用も貸してあげる。ちゃんと後で精算してね。期限はもうけないわ。でも必ず返すって約束して」

セイはすぐに言葉が出なかった。なんと言っていいのか言葉を選べなかったからだ。

「なんて顔してるの。素直に喜べはいいの」

「……約束する。でもどうして急に――」

「それ以上私に言わせる気。失礼よ」

セイはわかった気がした。

期待はしている。

まだ可能性はあった。アイセーラがセイに対してどう思っているのかは、まだ彼にもわかっていなかったから。

戦争の最中にセイがアイセーラに会うため、大ロンドンへ行くことは、ディメーにとってメリーワットと同じくらい恐れていたことであった。なぜならセイを永遠に失う可能性があったからだ。だから反対も拒絶もした。すべて彼のことを強く思えばこそ鬼になれたのだ。しかしその心は弱かった。

ディメーにはセイに反対したまま彼に嫌われてしまうことのほうが、失うことより寂しく思えてしまうのだ。

「会って確かめてきなさい」

「ありがとう、ディメー。俺がんばるから」

「あたりまえでしょ」

ディメーは精一杯強がってみせた。彼女はわびしい気持ちに風を通すため、バルコニーに出た。

セイはそんな彼女の背中を見送った。今彼女の側に僕はいてはいけないと勝手に思い込んでいた。

ディメーはバルコニーの桟に背を預けて、揺れるカーテン越しに室内のセイを見やる。彼女の背中から黄金色の光が放射線状に延びてくる。髪も衣も透けて黄金に輝く。

ディメーは目を細めて、艶やかに笑った。

「………？」

セイは察知した。

「!?」

ディメーは桟から手を放し、そのまま外へ倒れるように沈んでいった。

「やめろ!」

セイは神速をもってバルコニーに飛び出し、ディメーの手を掴んだ。片方は腰に回し彼女を支えた。

二人の距離が近い。

ディメーは瞼をかるく閉じていた。

「馬鹿な! なんてことを? そんなの寂しいだろ」

セイは悔しそうに歯を食いしばる。

「やっと側にきてくれた……」

ディメーはセイを逃がさぬように両腕を彼の背中に回してきつく絡んだ。

「……!?」

ディメーの唇の動きもセイに負けないぐらい神速だった。彼女はセイのかぎりなく唇に近い位置に口づけをした。一瞬のことにたじろぐセイ。それを楽しむかのようなディメー。

「せめて初めてのキスは私にください。お願い、セイ――」

そう言って今度は絡んだ手からセイを解放して、その手で彼の胸を強く押す。セイはよろめきながらバルコニーから押し出される。

ディメーはセイに背中を向け遠くを見つめた。

思い出していた。

セイが初めてグライダーでヨークシャーの丘から飛びあがった瞬間を。

その時も朝から準備にもたついて、準備ができたときには陽が傾いていた。今日のように黄金色に輝く淡い空気が風を生んでいた。

セイの空へ駆けあがるその瞬間、彼の背中に向こう側が透けて見えた。鮮明に覚えている。ディメーは青い空色でもなく、海の青さでもなく、黄金色の空に心が燃えた。

それからだと思った。飛行機で空を飛ぶというないものねだりの夢から彼の背中を追い始めたという恋心の確信は。

ディメーは彼女にとって贅沢な望みを今叶え、溢れてくる涙をセイには見られたくはなかった。彼女の背中が震えているのはセイにもわかった。人はそんなに割り切れるようにできてはいない。それはセイにも重々わかっていたから、決して彼女の側に慰めには行けなかった。でもせめて彼女に自分ができることを探した。

セイはしばらくバルコニーのディメーに向かって深々と頭を下げていた。


夕張が暗闇のカーテンをリトルロンドンの町に引き込み、家々にはぽつりぽつりと明かりが散らばり、つき始めていた。家路に急ぐように、流れる雲がそのスピードを増してゆく。

セイは誰なんだろうと思った。

帰宅したセイは玄関からあがらず、まず工房のあるプレハブの倉庫へ向かった。倉庫から明かりが洩れているのに気がついたからである。開いたままの鉄扉に恐る恐る忍び足で近づいていった。

そっと中を覗いたセイは自分の目を何度もこすって疑った。

カイの姿、マハ、アカム、ハーマス、そしてセピアハープの姿まであった。

カイと友人達は動力飛行機の組立てに従じていた。脚立にあがったカイが、コックピットの中にその半身を沈めて作業している。マハはそのサポートをしていた。アカムは設計図を床に広げて、手にした計算機でなにやら検討していた。ハーマスとセピアハープは、デスクにのった尾翼のパーツなどを磨いていた。誰もセイに気づいていなかった。

その光景はセイの望んだ世界だった。みんなが、仲間が協力して動力飛行機の製作を手伝ってくれる。その光景を実現するために彼は四方を駆けずり回っているのだから。今それは手を伸ばせばそこにある。セイはすぐに出ていって交じり合いたかった。でも足は一ミリも動かなかった。

理由がわからなかった。そしてそれが自分のために行われているとは信じられなかったからだ。自分が出ていくことによって、一瞬でそれは消えてしまいそうな悪寒が走った。

しかし口は動いた。

「いったい何をしているんだ！」

口に続いて体も動いた。倉庫内の全員が注目するのと同時に、セイの体も鉄扉の陰から飛び出していた。

みんなの手が止まり、カイはゆっくりと上体を起こした。

セイの視線とカイの視線が絡む。

「カイ、手伝ってくれる気になったのかい」

セイの能天気な発言にカイは露骨に嫌な顔をした。セイは試してみただけだった。

「みんなはそのまま作業を続けてくれ」

カイは脚立から降りて、セイに向かってきた。手の工具はマハに手渡し、彼に耳打ちした。

「ちょっと出てくる。仕切ってくれ」

カイはマハの言葉は待たず、セイに向かって顎をしゃくって視線で外に出る合図を送った。

「ああ、しかし……」

カイはセイに続いて倉庫より出ていった。

にんまりと笑ってセピアハープは二人の背中を見送った。

倉庫の裏手にて、セイとカイは対峙した。

足元を覆い隠す短い丈の草花が夜風に揺れていた。星がぽつりぽつりと点灯し始めていた。

カイは騒ぐ前髪を押さえるように手で掻きあげ止めて、

「昨日、ディメーに告白したんだ」

カイはセイを見ず、西の空を見つめて言った。浅い夜が訪れていた。まだ西の空は夕闇の滲みを残して紫がかっていた。

セイは数時間前にディメーからそのことを聞かされていたのでたいした驚きは放たず、カイの動向を注意深く探り、言葉を慎重に選んだ。

「それで？」

カイは相変わらずセイの方は見なかった。

「……黙って頷いてくれた」

「……!?」

「俺の気持ちを受け入れてくれたんだ。ずっと前から想ってたってな」

セイは一瞬目の前が真っ暗になった。ディメーから聞いていたことと違う。彼女はカイの気持ちを断ったと言った。いや、それよりもこの立ち眩みは、彼女がカイの気持ちを受け入れたことに対しての衝撃だった。自分の気持ちがわからなくなりそうな衝撃だった。

カイはまだそっぽを向いていた。

「うれしかった。心の底から。でも納得はいかなかった。でも、俺の言葉を受け入れてくれたときの彼女の笑顔が教えてくれたよ」

カイはセイを今やっと少し顎をあげ、渇いた瞳で見つめた。冷然としていた。

「どんなだったと思う?」

セイは何も答えられないでいた。

「あんな彼女の笑顔は初めて見た。胸の締めつけられる、その、とても温かだった。人はあんなほほえみをつくることができるんだとショックを受けたよ。それはとても柔らかく温かだった」

カイは顔の前で拳を握る。

「その時の俺の気持ちが兄さんにわかる? 彼女はその後こう言ったよ。セイを助けてあげて。セイを手伝ってあげて。私じゃだめだからと」

セイは驚きを隠せないでいた。頭の中が整理できず懊悩していた。

「その時の俺の気持ちがわかるのかよ!」

その言葉と同時にカイの足が地面を蹴った。

カイはセイに殴りかかった。セイの左頬に彼の拳はヒットした。セイは後ろへ吹っ飛んだ。カイはその勢いを殺さず、二人は絡み合うように地面に転がった。草花が二人の体に跳ねあげられて宙を舞った。

カイはセイに対してマウントポジションをとった。

「覚悟はしてたよ。でもあんまりだろ。俺は兄さんの話を聞いて、あの時本当は手伝ってもよかったんだ。だがディメーの前じゃそれは言えなかった。口に出したくなかった。ディメーは兄さんが好きだってことを。なのに告白したときにそれを確信させられた俺の気持ちはとても哀れだったよ」

カイは無言のセイに構わずその拳を二発、三発と奮った。セイは唇か口内を切ったのか、唇の端に血を滲ませた。少し頬も青く腫れてきた。

「あの時、告白せずにいられなかった。タイミングは最悪だってわかってたのに。兄さんはそういう俺達の気持ちを踏み越えてまで、自分の意志を通そうとする。そういうの考えたことあるのかい」

「……無理だよ。そういうの全部考えてたら行動できなくなる」

「そんな勝手が許されるのかよ。人の気持ちをなんだと――」

カイは自分の殴ったセイの顔がひどい状態になったのにぎょっとして、拳を振りあげたまま固まった。

セイの目は強い意志を失わず、カイを睨み返していたのにも臆した。

「許されると俺は思う。気持ちの発動にお前は誰かの許しを求めてから行動するのかい。

自分の気持ちは本来勝手なものなんだ。一方的で相手の周りの気持ちを斟酌する余裕のないものなんだ」

「じゃどうすればいい」

「俺は忘れないようにする。傷つけてしまったことを。そしてがんばるんだ。想いを叶えるために。それぐらいしかわからないし、それはずっと悩んで生きていくしかないものだとしか今は言えないよ」

「う、うう……」

何も言い返せずひるんだカイに、セイは口の中に溜った血反吐を吐きかけた。結局、発散させるしかないと思った。

カイが目をつむった瞬間、セイの頭が飛んできた。カイはそれを顔の中心に受け、鼻を押さえた。鼻血が溢れ出てきて押さえた彼の両手は赤く染まった。

「ウワァ！」

カイはその量に動転した。セイは勢いづいて体を起こし、カイの胸を強く肩で押して立ちあがろうとした。

カイは息が詰まったが逆に切れた。それからは、お互いもつれ合うように、体力の続くかぎり殴り合った。

正気に戻ったとき、二人は酷い姿で草花の上に寝転がっていた。はぁはぁと息は完全にあがってしまった。

リトルロンドンの澄み切った夜空を二人は見あげた。セイはふと煌めく星の数を頭の中で数え始めていた。でも途中でわからなくなってしまった。

カイは両手で顔を被っていた。渇いた血が鼻の奥でこびりつき痒かった。

「………手伝うつもりは今でも変わってないよ。兄さんは大ロンドンでも、アイセーラのところでも、どこへでも行って、ディメーの前からいなくなればいいと俺も勝手に思うことにしてたからさ」

「ありがと……」

「でも飛行機は返しにきてくれよ。ディメーは俺が空に連れていく。それが願いなんだから」

「わかった」

セイはその言葉の裏にカイの気持ちを感じた。無事に帰ってこいという優しさがセイの心を熱くした。

「マハ達も手伝ってくれる。ただし後で空を飛ばせてくれってさ。忘れないでくれよ。一生だ！　約束してくれ」

「ああ、約束する。絶対忘れない」

「よし、でもやりすぎだよ。体が動かないじゃないか。風邪をひいてしまうよ」

「そっちこそ、誰かきてくれないかな」

「さあ、期待するしかないでしょ」

二人は痛みを堪えて笑い合った。


「うん。これに決めました」

アイセーラはベージュのカバーのついた真新しい日記帳を選んで満足げだった。

「いい買い物だと思います」

ジムにそう言われてアイセーラもうれしかった。

「リトルロンドンでなくしてしまったから今度は気をつけないとね。日課は欠かさないほうがいいと思うの。もう七年も書いてるのよ」

今日彼女達は町の雑貨屋にきていた。大ロンドンにきてからアイセーラは警戒のため全面的に外出を禁止されていたのでストレスが溜っていた。新しい日記帳がほしいこともあって、空襲の危険性の少ない午前中のわずかな時間に内緒で出かけることにしたのだ。空襲は主に午後か夜間が多かったからだ。もちろん許可は出なかったが、ジムは自分がついていってもいいならと融通をきかせてくれたのだ。

そういうタブーを犯しているというスリルが、この久々のショッピングに必要以上の心弾む刺激を与えてくれていた。

レジでの支払いはジムに任してアイセーラは店内を散策した。

店の奥は薄暗くて、古い書籍の放つカビ臭さが鼻腔の奥にわずかな痒みを覚えさせる。書籍は日焼けしないように店内の奥に配置されていたのだ。それに関連して、アイセーラはこの店に入ってから一つ気になっていることがあった。

店内に入って玄関のすぐ上の天井の部分だけ丸い天窓がついていたのだ。そこからは天光が惜しみなく降り注ぎ、その光に触れないようにそれを嫌う書籍関係を奥に追いやっていた。

玄関のその一角だけが異様な明るさを有していた。それ以外は落ち着いた照明で店内は照らされていた。

アイセーラはその天窓の真下に立ち、上を見あげた。午前のあまり濁りのない澄んだ光がその身を包んでくれた。自然とほころぶ頬が爽やかだった。

「おじさん、なぜここだけこんなにも明るいのですか？」

アイセーラはレジカウンターで、ジムに代金のお釣りを渡していた初老の店主に声をかけた。

「気づきましたか。いや恥ずかしい話なんですが、お客様を迎えるとき、まず天より差す光のベールが歓待するんですよ。まるで神光のようにね。そういう洒落なんですけど、それに私これでも敬虔なほうなんでして」

そう言って、店主は照れ笑いを浮かべながら、首より下げていた十字架のペンダントをアイセーラに見えるように示した。

「気に入ってもらえませんでしたか」

「いいえ。素敵だと思います。それじゃ私も歓迎されたのかしら」

「もちろん。光のベールをまとった女神が舞い降りたかと思いましたよ。驚きです」

「ありがとう」

アイセーラは、この大ロンドンの人達にも馴染めそうな自信がもててうれしかった。ジムの目も笑っていた。

気さくに思える店主との会話を少し楽しんでからその店を二人は後にした。

時期的に暗い話題の多い中、そういった時間が少しでももてたことが救いになった。そして人はいつでも強く、どこでも生きていけるのではないかという希望が湧いた。

アイセーラ自身どこでもという生き方をしいられていたからだ。

空襲に備えて、営業している店は少なかったので、先程の雑貨屋のように開いている店を探すほうが苦労した。だから商店街を歩いて大好きなウインドウショッピングはできそうにもなかったから、それならと思ってホテル「アカシア」までの帰り道、通りに面する森林公園の遊歩道を歩いていくことにした。

人々の足は閑散としていてとても静かであった。日課は欠かさないのか愛犬を連れて散歩をしている人とすれ違う。アイセーラの足元に、その愛犬がまとわりつこうとしたのを主人は、首輪のつながるロープをたぐりよせて制した。

アイセーラはちょっとだけ淋しい気持ちになった。ク〜ンと鳴いたその声を少しの間だけ忘れられなかった。

「やはりリトルロンドンの自然にはかないませんね」

「それはそうよ。人が作ったものでしょ」

「ええ、でも近代化が騒がれて森林が伐採され土が開拓される。しかしそうして作った町の中に再び自然を作ろうとする。いったい何がしたいのだろう。求めているのは変わらないのに、こうも形が変わってしまうのは滑稽なことですよ」

「ホームシックですか？」

「え！」

ジムは閉口する。

「だって確か、ジムの故郷ってリトルロンドンに似てるって言ってませんでしたか。この戦争が終わったら、帰って牧場を経営して私を招待してくれるって言いましたよ」

「……覚えていてくれたのですか。でもホームシックとか言われると不機嫌になります」

「ごめんなさい。生意気でした」

「いや、怒ってるわけではないのです。困ったな。うれしかったのです。ちゃんと覚えていてくれて――」

ジムはしゅんとしたアイセーラに対して気まずそうにあたふたと手を動かして弁解した。

アイセーラはその彼の様子に笑って答える。

「いじわるですね」

ジムは早足になった。

「待って」

アイセーラも彼に追いつこうと早足で追いかけた。

ジムは急に立ち止まった。その顔は先程とはうって変わって真剣だった。

「どうしたの？」

「今朝決まったことなのですが、今日でアイセーラさんの護衛は終了です。明日から新しい任務に就くことになりました」

「どういうこと？　そんな話聞いてないわ」

アイセーラは懇願するような目で納得できない、いや別れたくないという思いを表現した。ジムのシャツの裾をきつく掴んだ。

「ごめんなさい。もう一つ報告があります。またあなたを悲しませてしまう報告です」

「いや聞きたくないです」

アイセーラは両手で耳を塞ぐ。

「聞いてください！」

ジムは少し乱暴にアイセーラの腕をほどいた。

「痛い！」

「あ、すみません」

慌ててジムは手を放した。アイセーラは手首をさすって下を向いていた。

「あなたのお父さん、オーギット大佐は大ロンドンを明日立ち、前線の空軍基地への転属が正式に決まったのです。それに私も志願しました。だから今度はあなたのお父さんを護衛します。安心してください。命に代えても必ずお守りしますから。だから今夜急に予定された晩餐が、大ロンドンでの私達の最後の夜となります」

「………」

「アイセーラさん」

アイセーラは気持ちが整理できないでいた。

『まただ』

「みんな私を一人にするの」

ジムはアイセーラを思わず抱き締めそうになって、動いた腕を無理やり止めた。指が宙を仰いでばらばらと動いた。

「あなたのいる場所を守りたい。だから前線に行って、敵を進入させないようにしたいから。この気持ちはオーギット大佐も同じだと思います。あなたのために」

「……わかってる」

アイセーラは小さく呟く。

「落ち込んでないわよ。平気です。だからがんばって、ジム」

アイセーラは顔をあげて精一杯の強がりな笑顔をつくった。その姿にジムは目元にジンときた。

「私だけわがままは言えないわ。でも約束は守ってくれるのでしょ。だから心配はしません」

「約束ですか?」

「あら、もう忘れたの。ひどいわ。全部終わったらジムの故郷の牧場に招待してくれるっていう約束よ」

「覚えてます。必ず呼びます」

「約束よ」

アイセーラは自分からジムに腕を絡めて歩き出した。ちょっと遠出をしたのでホテル「アカシア」まではまだ数十分かかりそうだったので、しばらくそのままでいることができた。終始ジムは気を遣って照れていた。でもアイセーラには、それを楽しむ余裕は本当はなかった。表面に出さないことが、彼女にできる精一杯の努力だった。

アイセーラは父オーギットとの夕食まで時間があったので、自室で本を読んで過ごしていた。少し前にケッサリアがきて、オーギットのホテルへの到着が遅れると教えてくれた。

「……！」

アイセーラは銃声が聞こえたような気がして首を傾げた。手にしていた本を側のデスクに置いた。胸騒ぎを覚えた。一人でいることに不安を感じ誰か人を呼ぼうかと思った。耳鳴りにしてはっきりしていたし、聞き覚えのある音だった。下のフロアだろうか、遠くで複数の足音が聞こえた気もした。

悪夢の記憶が甦る。

ポーランドにドイツ軍が進行してきたとき、アイセーラは港を目指して市街地の路地を必死に走り抜けた。耳に飛び込んでくるのはいくつもの重なり合った足音、飛び交う銃弾音そして怒号と悲鳴の混じり合った混声音。すべてが自分に対して向けられた敵意に思えて舌が渇いてくる。ドイツ兵の話す理解できない、知らない言語は不安を募らせる。母エスケスタとはぐれてしまい、軍事局へ父について問い合わせても全然取り次いでもらえず、とりあえず港から脱出する貨物船が出るという情報を拾って港へと急いだ。みんな自分のことで精一杯で、途中で合流した友人とも貨物船に乗るときには別々の船に振り分けられてそれ以来会えずじまいだった。

唾が苦味を帯びる。

アイセーラは嫌な汗を掻き始めていた。イスから立てずに時間だけが過ぎていった。

カチリ。

アイセーラの部屋のドアのノブが回る。

「……！」

アイセーラは鍵がかかっていたのを思い出してほっとする。

「……ジムです。アイセーラさん」

その声はアイセーラを安堵感で満たした。

「ジムなの」

「ええそうです。ここを開けてもらえませんか」

「はい」

アイセーラは急いでイスから立ちあがってドアに近づいた。ノブの鍵を回してそっと廊下の方を見る。すぐにジムが彼女の視界を遮って中に滑り込んでくる。そして扉の鍵をかける。

「どうしたの？」

そう言いかけたアイセーラの口をジムは優しく塞いだ。わけがわからずアイセーラはきょとんとしてしまう。

ジムは用心深く廊下に神経を注いでからアイセーラの肩に手をのせた。

「落ち着いて静かに聞いてください」

さすがに尋常ではない雰囲気を理解してアイセーラは深く頷く。

「一五分ほど前に、オーギット大佐がホテル『アカシア』に到着しました。しかしロビーにて、おそらくですがドイツの工作員の待ち伏せに会い銃撃戦になりました」

アイセーラが声を出しそうになったのでジムが口を押さえた。

「安心してください。オーギット大佐は無事ですから」

アイセーラは、わかりましたから手をどけてくださいと目で合図した。

「すいません。でも数人の工作員を逃してしまったので、今捜索しているところですからまだ安心できません。僕はあなたを守るように大佐に指示されてきました」

ジムは手をアイセーラの口からどけながら説明した。

「必ず守ると約束しますから僕の指示には絶対従ってください」

「信じています」

「ありがとう」

ジムは室内の電気を消してアイセーラの体を押すようにゆっくりと窓際の方へいき、身を屈めてイスとデスクの影に入った。

二人は息を潜めて待った。どれぐらい時間が経ったのだろう。数分が何時間にも感じられる。

アイセーラはジムがしっかりと抱き締めてくれていたので彼の男性の匂いを強く感じ、緊張感を忘れてしまいそうだった。

一〇分、一五分、三〇分と時間が流れてゆく。

カツン。

廊下に足音が一つ木霊する。

ジムとアイセーラの神経がナイフのように鋭さを増す。

ドアの外に数人の気配を感じる。

アイセーラは口に溜る唾を喉の奥へと追いやった。

コン、コン。ゆっくりとドアがノックされる。

返事はしない。

再びノックされる。

「アイセーラさん。ケッサリアです。いるならここを開けてくれませんか」

アイセーラはジムを見つめる。彼は自分の口の前に人差し指を立てて彼女に閉口することを指示する。

ガチャとノブがゆっくり回るが開かない。

パン！　ガチリ。銃声が鳴り、扉のノブが撃ち抜かれ床に転がる。硝煙の臭いが辺りに漂う。

「⁉」

扉が蹴り破られ、つがいの破片を飛び散らせて床に散乱する。しかし扉を蹴り破った主の姿はなかった。

「アイセーラ！　もし室内にいるなら返事をしなさい。無事なのか」

オーギットの声だった。

アイセーラはジムに笑顔を返し、父の呼びかけに答えようとデスクの影から出て立ちあがろうとする。それをジムはものすごい力で肩を掴んで引き倒し押さえつけて、彼女の口を手で塞いだ。びっくりしたのはアイセーラの方だった。

「なぜ何も答えない」

「待って下さい！」

ルフォルトの制止の声を振り切って、オーギットが用心深く室内に拳銃を構えたまま覗き込み踏み入る。ケッサリアとルフォルトそして数人のボディガードが続いて室内に入る。

ケッサリアは側の壁にある電灯のスイッチを探す。パッと室内が明るくなり見回す。

「動くな！」

ジムはデスクを盾にアイセーラを無理やり引き立てて、彼女の胸元に銃口を突きつけた。

「ジム！」

ケッサリアが悲痛に叫ぶ。

「乱暴をするな！　娘は関係ないだろう」

「馬鹿な考えはやめなさい」

オーギットとルフォルトは、ジムに威嚇のために銃口を向けたまま怒号交じりで叫んだ。

「貴様！　アイセーラ大丈夫なのか！」

人質を取るジムの行動に、言葉では言い尽くせない怒りで、オーギットの頭の中は支配されていった。

アイセーラはジムに拳銃を突きつけられ、胸を圧迫されて気が動転していた。だから目の前のオーギットの姿、言葉が頭に入っていくのに時間がかかった。視界はとても狭くなり、口がぱくぱくと動くだけだった。

「何を考えている。いまさら何ができるんだ。それにここから逃げられるとでも思ってるのか」

「勝手にしゃべるな。それに心配はいらない。俺一人ならどうとでもなる。それより時間がもったいない。交渉をしたいんだが、その物騒なものを床に置け」

ジムは拳銃を捨てるように顎をしゃくって下へ置けと示した。

「わかった。交渉なら望むところだ。しかし誠意を示してくれ。そちらもアイセーラさんを解放してくれ」

「対等だと思うなよ。俺が主導権を握ってる。早く拳銃を床に捨てろ」

「わかった」

ルフォルトはジムの動きに細心の注意を払いつつ、ケッサリアや部下達に指示に従うよう合図する。しかしオーギットは構えた拳銃の銃口をジムからはずそうとはしなかった。

「大佐！」

ルフォルトは、オーギットの拳銃を構えた腕を無理やり降ろさせようとするが全く動じず、その腕を下げさすことはできなかった。冷や汗が一気に噴き出る。

オーギットは眼光鋭くジムを睨みつけて、プレッシャーを与え続けた。

ジムは奥歯を噛む。

「いい度胸だ。いいだろう。そのまま動かなければいい。少しでも妙な動きがあれば娘は射殺される」

「やってみろ！」

ルフォルトはオーギットがジムを挑発するので、内心あたふたしそうなところを我慢して思考を駆け巡らせた。

「ジム、交渉を始めよう。要求を言ってくれないか」

二人の高まる衝突をそらすために提案をふった。

「オーギット大佐。あなたは俺について、アイセーラとともにドイツ軍にきてもらいたい。それなりの報酬とポストを用意するということだ」

「私に裏切れと」

「あなたのような人材を失いたくはないそうだ。閣下も大変興味を抱いていらっしゃると聞いている。それにアイセーラさんはポーランドの家に帰れることも約束しよう。たらい回しにされて、寂しい気持ちを味わうことはもうない」

「……………」

「すぐには決心はつかないだろう。ちょっとだけ時間をやる。少しお話をしてやろう。その後もう一度聞く。それが変更のきかない最後の答えだからよく考えるように」

「ジム。どうしてこんなことをするの」

ケッサリアの慟哭をジムは無視した。

「俺は北アイルランド出身だ。そう、イギリスに吸収合併されたアイルランド。北アイルランドを除いて、アイルランド自由国は誕生したものの完全な独立はなされていない。

俺達の土地や財産は今も不在地主、イギリスの貴族達に掌握されていて、庶民は貧困に喘いでいるんだ。形だけの独立などなんの意味もなしはしない。だから力を得るためにアイルランドの闘士になり、そしてナチスにも参加した。ドイツは、ヒトラーはアイルランドの完全独立を約束してくれた。俺達はそれを信じ、同志を募って今日オーギット大佐を襲ったのだ。だが大切な友人をまた失ったよ」

「ヒトラーがそんな約束を守ると思っているのか。やつらは掌握し搾取することしか考えてはいない」

「誰がしゃべっていいと言った！」

ジムに一喝されたルフォルトは思わず口を出してしまったのだ。

アイルランドはイギリスを構成する大ブリテン島の西にあるほぼ同緯度の島であった。一八〇一年に、イギリスとは民族も宗教も違ったが合併され、連邦に所属させられた。しかし、その属国的扱いに反発し憎悪を抱く庶民も少なくなく、アイルランド解放運動が盛んに行われた。一九二二年にアイルランド自由国が成立したものの、その支配体制はあまり変わらず、問題を残していた。真の意味での彼らが目指した解放は、なされていなかったのである。

「理想のためにはなんでも利用する。お前達にはわからない。飢えた子供達が、涙ながらに飼っていたペットを食する現場を見たことがあるのか。異なる宗教を押しつけられて、牧師になるのを諦めた奴らの気持ちがわかるのか。体ではわかるまい。さっきの銃撃戦でそいつらは死んでしまったよ。少しは感傷的な気持ちになれたか。これからもっと残酷なことが待ってるかもしれない。それでも今ここで俺は生きている。覚悟があるからだ。さあ俺の話は終わりだ。ある意味これはお願いだ。オーギット大佐答えをもらおうか」

オーギットの返答にその場の全員が注目する。

「断る」

ジムはやるせない表情をつくった。

「とても残念です。しかしその返答を俺が予想していなかったと思うか。あなたにも覚悟が必要となるぞ」

ジムはアイセーラの胸元に突きつけていた銃口を彼女のこめかみにあてて、撃鉄を親指であげて押さえる。緊張が走る。

「彼女を失ったらあなたはどうなるのかな。俺にはわかる。あなたはきっともう戦えない。守るべき存在をなくした心は宙ぶらりんだ。しゃぼん玉のように空を漂い、後は割れるのみ。残酷な結末が待っていたようだな」

ジムはアイセーラを引きずるように窓に近づく。

オーギットは拳銃を構えたままの姿勢で、ジムとの距離を広げないようににじり寄る。

まずい展開にルフォルトは焦った。

「……お願い、ジム。もうこれ以上お父さんを追い詰めるのはやめて……」

アイセーラは声がはっきり出ていないながらも振り絞るように訴える。

ジムは彼女を全く見ず、オーギットの動作を目視していた。

「守るっていう約束は嘘なの」

ジムの目がアイセーラへとわずかに揺らぐ。

パン！

そこからの数瞬はとてもスローリーだった。

オーギットの銃口が火を放ち、ジムの額の中心を撃ち抜いていた。銃口から揺らぐ硝煙が、すっと天井にのみ込まれて消えてゆくのと同時に、銃身は急速に冷めていった。

ジムの体は後ろに反って跳ね、窓にぶちあたってから前のめりにゆっくりと倒れた。

アイセーラには何も聞こえなかった。衝撃が鼓膜を麻痺させた。何か叫びながらルフォルトやケッサリア達が、彼女の側に駆けつけてきた。場は騒然となっているのは見てわかったが、全く音のない世界はアイセーラにとてつもない恐怖心を植えつけていた。

ジムの後頭部から鮮血が滴っていた。とても赤かった。

アイセーラは視界の両端に死んだジムと拳銃を下ろしたオーギットをとらえていた。

声が出せない。どうして。どうして。なぜ？　なぜ……や！

アイセーラは両膝をついた。ケッサリアは放心状態の彼女の体を揺すり、頬を叩く。

息をしていない。

彼女の顎をあげさせて背中と胸を交互にゆっくりと押す。

「はぁ――はぁはっくすぁ、はぁ――」

アイセーラは錯覚に陥っていた。

二人いた。

「いやぁ――――!」

ジムの亡骸にしがみついて、獣のような叫び声をあげて号泣する自分。取り乱す自分の様子を冷然と見つめる自分。幻影が漂う。

すべてはジムの死を演出していた。

それがオーギットとの大ロンドンで過ごした最後の日になった。


アイセーラは一人孤独に身を晒すようにホテル「アカシア」の屋上に佇んでいた。昨晩の出来事を忘れないように、よく反芻するために。

あの後、父オーギットに自分がどんな雑言を浴びせたか覚えてはいなかった。しかし、かなりひどいことを言った記憶はあった。

空襲に備えて灯火をひそめた大ロンドンの町は、暗黒に包まれたようにおとなしい雰囲気があった。そのおかげで夜空に飾りつけられた星々を多数見ることができた。目で見るかぎりはすべて同じ光の白い点に見える。しかし実際はさまざまな輝きで彩られ、それは赤であったり青であったり黄色であったりする。

そんな星を見ていると思い出したことがあった。人は星になるという伝説を。なら、星の色は魂の色なのだろうか。その魂の色は地球を取り包み光を降り注いでいるのだろうか。

誰かに理解を求めたかった。

ふとセイのことを思い出した。守れそうにない約束をするべきではなかったような気がする。ジムとの約束は昨晩すでに廃棄されたし、かえってそれが心を重くした。

屋上の手摺りからホテルの下を覗く。目が眩むような高さがあった。

『大変……』

真夏なのに妙に寒い夜になった。

「アイセーラさん。ここにいたのですか。探しましたよ」

ケッサリアがいつのまにかアイセーラの後ろに立っていた。

アイセーラは彼女のほうを振り返りながら、

「なにか用ですか。できれば一人にしておいてもらいたいのですが……」

「すぐに済みます。渡したいものがありまして」

「何をです？」

ケッサリアは手にしていた白い包みをアイセーラに渡す。アイセーラはそのずっしりとした物の重みに落としそうになる。冷たい重みがありぞっとした。彼女は少し緊張気味にその白い包みを開ける。

それは拳銃であった。

「何ですこれ！」

「護身用にあなたにも持っていてもらいたいのです」

「いりません。それに私にはこんなもの扱えません」

声を荒げるアイセーラに突き放すようにケッサリアは言った。

「威嚇ならあなたにもできます。もうオーギット大佐もジムも、この大ロンドンの町にはいないのですよ。本格的に戦争が始まったなら誰もあなたを守れません。自分の身は自分で守ることを考えてください」

「人を傷つける道具を使ってまで自分を守りたくはないのです」

アイセーラは拳銃の重みに耐えられない気持ちで腕をだらりと垂らした。そして拳銃を放ろうとしたので、ケッサリアはその腕を掴んで彼女の胸に押しつけた。

「何を」

アイセーラがそう言い終わらないうちに、ケッサリアは彼女の頬を手でわし掴みにする。

「持っていなさい。それはジムの拳銃です。そしてよく聞いてください」

ケッサリアの迫力にアイセーラはたじろぐ。

「あなたもオーギット大佐も知らない事実があります。実はあの時ジムの拳銃には弾が一発も入っていなかったのです。ホテルのロビーでの銃撃戦で撃ち尽くしてしまったのか、それとも最初から入っていなかったのかは彼にしかわからないことです。でもあの時、弾が入っていなかったのは事実です。どう思いますか?」

「……」

アイセーラは驚愕の事実に、耳を疑った。

もしそれが本当ならジムは殺されることもなかったのでは。結果論ではあるが後悔は残る。

「最初から入っていなかった。私を撃つ気はなかったと思います」

「ありがとう。私もそう思っています」

ケッサリアはアイセーラを解放する。

アイセーラは拳銃をしっかりと持ち直した。

「それならジムは殺されることはなかった。それなのに。悲しすぎます」

「あの時のオーギット大佐にはそんなことはわからないし、急所をはずす余裕はなかった。ただあなたを守ろうと。そしてジムもあなたを傷つけるつもりはなかった。これがどういう意味かわかりますか」

「………」

「あなたは二人によって大切に守られていたのです」

アイセーラはどう答えればいいのかわからなかった。ただ涙がまた出そうだった。昨日の号泣のため、腫れた瞼はまだひいていなかった。

「ジムのうまく偽装されていましたが不透明だった履歴が彼の死によってはっきりしてきました。彼の遺留品の中に手紙がありました。その手紙は二週間前に当局に届き、実際彼が目にしたのはつい最近のことだと思います。その手紙には彼の母親が亡くなったことが書かれていました。彼の母が亡くなったとき、彼はリトルロンドンの町にいたのです。彼の父親もアイルランドの闘士で四年ほど前に獄中死しています。暴力があったとの未確認な情報もあります。天涯孤独になった彼は何を思っていたのでしょう」

アイセーラは顔を両手で被わずにはいられなかった。

ケッサリアは淡々と続けた。

「私は彼の部屋でこれを見つけました」

ケッサリアはアイセーラにもわかるように、一冊の本を懐から取り出して提示した。

それはアイセーラの記憶のどこかに引っかかりを与えた。

「これは彼の日記です。最初の一ページしか書かれていません。しかもそれは事件を起こす数時間前に書いたように思われます。『今日、アイセーラさんのお供をして町の雑貨屋に行きました。そこで彼女は一冊の日記帳を買い求めました。俺も日記なんて書いたこともなかったけど、彼女に習って書いてみようかと思いました。記録を残すのも悪くはない。振り返る過去っていうのもあってもいいと彼女を見ていて思ったからです。だから後でもう一度その店にいって、恥ずかしながら彼女と同じ日記帳を買ってしまいました。これは言えないと思いました。店主も私のことを覚えていたので少しからかわれました。やっぱりこういうのは苦手だから、書くことに困ってしまうな。まあ時々思い出したら書いていこうかと思います』………」

「ジム……」

思わずアイセーラは声を洩らす。

「母の死、父の死で彼が絶望を抱いたとは考えにくくありませんか。だってこれから日記を書いていこうとしている人が、未来に絶望しているようには私にはどうしても考えられない。なぜあんな暴挙に出たのか今となってはわからないけど、やけにはなっていなかった。あれがジムのすべてだとはあなたには思ってほしくなかった。それは彼も望むことだと思ってお話しました」

「わかってます。ジムはとても紳士でした」

「ありがとう」

ケッサリアの瞳も潤んできた。

「悔やまれます。ジムの一番側にいて彼の痛みに気づいてあげられなくて。もし私が彼の正体に気づき逮捕できたなら、彼は死なずに済んだはずです。………この戦争が終わったらジムの故郷を訪ねてみようかと思います。両親のお墓があるそうですから、彼を帰してあげようかと思います」

「まさか」

「アイセーラさん。私がジムのこの日記の続きを勝手に埋めていったら彼は怒ると思いますか」

アイセーラはちょっとだけ首を振る。

「白いままなんてもったいないから」

「ありがとう」

アイセーラはジムの死に救われる部分を見出すことができた。でも結果がすべてに思えるこの世界で、どういう過程を得れば悲劇を避けることができるのかわからないでいた。

あまりに悲しすぎた。


「ホープ号」はその日初めてヨークシャーの朝日をいっぱいに浴びた。

セイ達は完成した「ホープ号」を牽引ロープで引いてプレハブの倉庫から出した。機体に跳ねる光の粒がキラキラと瞬きうれしい眩しさを有していた。

「ホープ号」は胴体の下にメインフロートを一個、下翼両端に小型フロート二個を装着し、機体は青と白のストライプで鮮やかに塗られていた。

セイ、カイ達に自然と笑顔がこぼれる。

連日の交替しながらの徹夜の作業、とりわけて昨晩は全員貫徹で励んだかいもあって、ついに今日の完成にこぎつけたのである。マハ達だけでなくディメーやセピアハープも一晩まるまる付き合ってくれた。みんな完成の瞬間に立ち会いたかったのである。

その達成感は肉体的な疲れを凌駕し精神的に癒してくれた。

気分がよくてたまらない。

感無量の思いがセイを満杯にする。まだまだこれからが始まりなのだが、今はこの喜びを仲間と味わいたかった。それぐらいの時間はもってもいいと思った。

後はキリュウ飛行場でテスト飛行をして大ロンドンを目指す予定であった。時間が惜しかったが、急ぐ気持ちは押さえて試行しなければ旅立てなかった。

セピアハープはいろいろな角度から「ホープ号」を眺めていた。その表情はとても楽しそうだった。

「ホープ号」を取り囲んで、みんながさまざまな思いのまま行動していた。

ディメーは翼に触れ、いとおしそうに撫でていた。

マハ、アカムやハーマスはセイやカイと肩を叩き合ったり、「ホープ号」の機体表面をバンバン叩いたりして、妙にハイテンションではしゃぎ合っていた。

シャレルは窓からその様子の滑稽さを目で楽しみながら、みんなのために家の中で朝食の準備をしていた。

みんなが自分の感動を表現していたので彼女の接近に不自然さを抱かなかった。

メリーワットは両手で破砕用のハンマーを持って、すたすたと「ホープ号」に近づいていった。その足運びは徐々に加速する。

セイ達がメリーワットの不審な行動に気づいたのは、彼女がハンマーを大きく振りかぶったときであった。

ガツン！

セイの眼光が大きく見開かれる。みんなアッという間のことで動けなかった。

メリーワットの振り下ろしたハンマーは、「ホープ号」の左の尾翼にめり込んでいた。

「行かせない！」

メリーワットは手からハンマーを放した。「ホープ号」の尾翼にハンマーはその頭部を埋めたまま剣のように突き立っていた。

メリーワットはみんなの交差する針のような視線に全身を無数に刺し貫かれた。しかし彼女の鬼気迫る威圧感はそれに負けていなかった。

どうして？　という空気が場に蔓延する。

「母さ…ん」

セイはこもった声を絞り出し、急に受け身もとらず頭からつんのめるようにバタンと倒れてしまった。

「セイ！」

メリーワットはその場の誰よりも早くセイの側に駆け寄って、彼を抱きあげた。

「セイ！」

「兄さん！」

ディメーとカイも叫び、続いてみんなが集まる。

メリーワットは異常な汗が噴き出しているセイの額に手を恐る恐るあてる。

寒気を覚える熱を持っていた。

メリーワットは震えた。雷撃が体の中心を真っ二つに引き裂くように走り、痺れが全身の体毛を逆立てた。

「セイ――！」


その日のうちにセイは医師に診てもらい、連日の体の酷使と睡眠不足による疲労性の発熱と診断された。二、三日の絶対安静が必要となり、セイは二階の自分の部屋のベッドで寝かされた。しかし意識の回復は望めなかった。

ディメーとセピアハープ、そしてシャレルが交替で彼の側について看病した。

メリーワットの動きは機敏だった。医師の手配をした後、「ホープ号」の修復をバルジに依頼し、きちんと仕事に出かけていったのだ。セイの側にいたいのはやまやまだったが今は、できること、自分の仕事を優先すべきだと考えた。複雑な想いもあったからだ。

カイ達は、徹夜明けで疲労の残る体を押して数時間の仮眠をとった後、昼から合流したバルジを手伝って、「ホープ号」の修復と最終調整を行っていた。今夜も徹夜になる気配があったが、誰も弱音は吐かなかったし、メリーワットを責めることもなかった。みんな自分ができることに専念していた。

夜には帰ってきたメリーワットもセイの看病に加わった。

換気を良くするため、全開にされた窓にかかるカーテンがそよいでいた。

深夜に至る看病、そして肉体的、精神的疲労によりセイのベッドの側に用意したイスに体を預けて、メリーワットとディメーは深い寝息を立てていた。

セピアハープはセイのベッドの上にちょこんとお尻を乗せて、額に溜まる彼の汗を濡れタオルで拭いていた。彼女はタオルを側の水入れに浸した。熱でうなされて短い間隔の呼吸を繰り返すセイの顔をじっと見つめていた。

カーテンの揺れがちょっと大きくなる。

セピアハープはセイの額の中心に掌の中心があたるようにそっと手を置いた。

その手が螢火のようなほのかな光を帯びる。

セピアハープは瞳を閉じて息を静かに吐く。

夜空の月が彼女のその様子を窓から覗き見ていた。

ディメーは瞼に朝日の温かみを感じて目を覚ましたとき、室内の異常にすぐに気づいた。ベッドに寝ているはずのセイの姿がなかったからだ。慌ててメリーワットを起こす。

布団には温もりがまだ残っていた。

室内もくまなく二人で探す。しかしセイの姿はどこにもなかった。

「いったいどういうことなのでしょう」

「わかりません。私が起きたときにはもういなくて」

「セピアハープさんはどうしたのかしら」

「そう言えば」

ディメーとメリーワットはセイの不在に気を取られていて、昨晩交替で看病をしていたセピアハープのことに気づくのが遅れた。

「私が目を覚ましたときには、彼女の姿もありませんでした」

「セイがいないのに気づいてもう探しにいったのかもしれませんね」

「でもそれなら私達を起こさないのは不自然じゃありませんか?」

「そうね。セイはまだ動ける体じゃないし、彼女がどうこうしたとは考えにくいわ。とにかく一刻も早く探し出して、ベッドに戻さなくてはならないわ。私は他の部屋を探しますから、ディメーさんは倉庫のほうをお願いしますね。もしいなかったら、倉庫で作業してるみんなにも事情を説明して探してもらってください」

「わかりました」

メリーワットとディメーは手分けしてセイを探すことにした。

ディメーは階段を走って降り、外の倉庫を目指した。裏の勝手口からの方が近道できることを思い出し急いだ。ダイニングルームの前を通り抜けようとしたとき、人の気配を察して足を止めた。

時間は早いけれど、朝食の準備をしているシャレルなら何か知っているかもしれないと思い、足がダイニングルームのほうに向かった。探すのを手伝ってもらうという目論見もあったし、彼女はとても早起きだと聞いていた。

ディメーはダイニングルームに誰の姿も見つけることができず、次に奥のキッチンの方で物音と人の気配がするのでそちらを覗き見るように伺った。

冷蔵庫の前で誰かがしゃがんでいた。

シャレルではなかった。

「セイ?」

もしゃもしゃと口にこれでもかと食べ物を詰め込んでいたセイが、ゆっくりと呼ばれて振り返る。

「もが、もが、ディメーぇ」

セイはきょとんとした目で、ディメーに食べ物を喉の奥に牛乳で押し流しながら答えた。

「ゴク、プハァ〜。何?」

「何って、どういうこと」

「はぁ?」

「だってあなた二、三日絶対安静でまだ動ける体じゃなかったのよ」

「え、そうなんだ。でも全然平気だよ。目覚めたらさ、めちゃくちゃお腹がなって困ったよ。だからここに直行したんだ。ほら」

セイは食いかけのパンを持ったまま、体のどこにも異常のないことを柔軟体操してディメーにアピールした。

「本当に大丈夫なの?」

ディメーは昨晩のセイの容体を見て知っているだけに、信じられなかった。しかし現実は血色も昨晩とは打って変わってよく見えた。

「昨日のことはよく覚えていないんだ。確か母さんが何かしたような気がするんだけど、ま、いいか。今日、出発したいし。それよりディメーはお腹すいてないのかい。キッチンにきたんだから」

「もう心配させないでよ」

ディメーはセイの能天気さにあきれた。

セイは再び食事に戻った。口の周りに食べかすをつけながら、まったく気にせず異常にも思える食欲を示していた。

あきれながらもディメーは二つのことを考えていた。彼に渡したいもののこと。今日出発するというのならそれを実行する時間はもうどれくらいもないと思った。

そしてふと思ったこと。セピアハープはいったいどこへ消えてしまったのかということ。もう会えない。そんな気がしてならなかった。


セイやディメーが倉庫に行ったとき、「ホープ号」の修復はすでに終わっていた。カイやマハ達は作業を終えてそのまま倉庫内で寝入ってしまっていた。

そこでもセピアハープの姿は見つけることができなかった。セイが目を覚ましたとき、セピアハープの姿はすでになかった。

機体の最終チェックを一人でしていたバルジにセイは声をかける。

「バルジさん、おはようございます」

バルジはセイ達に気づいて彼らのほうに向かってくる。彼は拳を振りあげながらセイに襲いかかろうとする。

『殴られる!』

セイは野生の癇で、思わず首を竦め歯をくいしばる。

バルジはセイの顔面の手前で拳を止める。

セイの額に冷や汗が浮かぶ。

「お前、わしに嘘をついただろう」

「ごめんなさい。でも――」

「言い訳するな。それで体はもう大丈夫なのか」

「ええ、すっかり、心配かけました」

「そうか……」

バルジは拳を開いてセイの頬をかるく張り飛ばす。パンッと渇いた音がして、セイの頬がピンク色に色づく。痛みはあまり感じなかったが、心に重石をのせられた気分になって効いた。

「病みあがりだ。これで許してやる。わしよりメリーワットに感謝しろ。わしも歳だ。あまり無理はしたくないのだが、特別にギュトーでなくついていってやることにしたんだからな」

「ありがとうございます」

セイは込めれる想いすべてを込めて深くお辞儀をした。

作業を終えて帰り仕度を始めるバルジをセイは引き止めて、

「バルジさん、お願いがあります。今日、出発したいんです。だから準備してください」

バルジは動きを止めて、

「無茶を言うな。なぜそう急ぐ?」

「少しでも早く無事に帰ってきて、母さんに報告がしたいからです」

「……」

バルジは振り返ってセイをしばらく黙視してから、

「……わかった。午後二時に出発する。それまでにお前も準備しとけよ。そこから先はわしの指示にすべて従ってもらうからな」

「はい！」

バルジは倉庫を後にしていった。

セイは倉庫内を見回し、寝ているカイ達に布をかけ直して、

「もう少し寝かしておこう。お疲れさん。ディメーはどうする？　僕は準備があるし、セピアハープの行き先には心あたりがあるから任して。きっとあそこに彼女はいるって確信もてる所が一つあるんだ。ディメーにもきっとわかるよ」

ディメーはセイの謎かけっぽいものの言い方に少しむっとしつつ、

「じゃセピアハープのことは頼むわよ。私もいろいろと疲れたから家に帰って少し休ませてもらうことにするわ。出発の時間前にまたくるわ。ちゃんと見送ってあげる。その前に渡しときたいものがあるの」

「何？」

ディメーは肩からかけていた鞄から一冊の本をセイの前に差し出す。

「アイセーラの忘れ物よ。多分日記だと思うわ。中は見ていないからわからないけどね。

彼女に会ったら返してあげてね。それじゃ私そろそろ――」

セイの返事を待たず、彼の胸に押しつけるように本を預けてディメーは帰ろうとする。

「これ、何が書いてあると思う?」

セイはディメーをそう呼びとめる。

「さあ、気になるなら覗いてみれば。内緒にしといてあげるからさ」

セイを残してディメーは朝靄の中に消えていった。


セイは以前、アイセーラ達とグライダーの飛行テストをしたヨークシャーで、一番眺望の良い広い丘を目指して登っていた。

息を少し乱しながらも黙々と歩き続けた。

霞がかった遠くの山々を時折見据えながら、くぐもった光が彼の姿を照らし出した。

今日は霧が深かった。しかしもう少ししたら晴れそうな予感はあった。

背後で獣の遠吠えが聞こえる。こんな時間に珍しいなと思った。

セイの頬をほんのりする香りを乗せた微風が触れてゆく。足元の草花が揺れ白い霧がセイの後方に忙しく流れてゆく。

「……」

セイは眼前の草むらに腰かけるセピアハープの背中を見つけた。

「……！」

セイは自分の目を疑い瞼を何回も擦った。

セピアハープの背中越しに後ろの背景が透けて見えたからだ。霧に屈折した光の悪戯かもしれない。しかし何度瞬きを繰り返しても彼女の体は透けていて、その輪郭でのみその存在を認識するしかなかった。

セイはどんどんセピアハープに近づいていく。彼女は全く気づいていないのか振り向きもしなかった。

セイはなぜか彼女の側に永遠にたどり着けないような気がして、急に不安になってきた。それでも歩みは止められなかった。

しかし確実に彼女との距離は縮まっていった。

「！」

急に目の前が開け、体が自分の意識を無視して前に引き寄せられ、眼前にセピアハープの細い肩が迫ってきた。彼女に衝突しそうになって、目一杯踵《かかと》で踏ん張って立ち止まった。

「セピアハープ、やっぱりここにいたんだね。みんなが捜してる、帰ろう。それとも何かたどれたのかい。君の記憶は――」

セピアハープはセイのほうを振り向きもせず首を横に振って応える。

セイはセピアハープの肩に触れる。幻でなくそこに彼女がいることを確認するために。

気づくと周りの霧は晴れていた。

眩しい太陽が二人のあやふやだった体の線を浮き彫りにしてくれた。

「何度目だろ、ここにきたのは。僕達が初めて出会った場所だ」

セピアハープは自分の足元で何か草の根を分けていた。

「何か探しものかい？」

「！」

セピアハープは何かを見つけて、それを拾ってから立ちあがりセイにやっと顔を向ける。

彼女の頬には何枚かの草の葉が張りついていた。

「何を見つけたんだい？」

セピアハープは深く頷いてその手の中の小さな物質をセイに見えるように掲げる。

それは小さな小さなボルトであった。頭の角が少し摩耗して丸みを帯びていた。

二つそれはあった。その一つをセイの掌にのせてセピアハープは声もなく笑う。

そのままセイの掌をとって文字をその上に細い指でなぞる。

『体、良くなってよかったね』

「ああ、ありがと。これは——」

セイはそう言いかけてすぐに悟った。

この場所は墜落現場である。グライダーの「エレメンタル」の機体の破片が落ちていてもなんら不思議ではないことに気づいた。

「これは『エレメンタル』の部品の一つだね。でもこれをどうしたいんだい？」

セピアハープは目をぱちぱちさせた。

『出会いの思い出。お守りになる。それ、あげる』

彼女はそう指文字で示してからセイの手を握って閉じさせる。その手の中にしっかりとボルトを握らせた。

セピアハープはセイのその手をとったまま無理矢理ステップを踏み始める。彼女の唇が文字を作る。

『ダ・ン・ス』

セピアハープはセイを招いて無理矢理ダンスを踊り始める。初め戸惑ったセイではあったが、自然と体が動いてゆく自分に彼女との奇妙な共鳴を感じていた。

「知ってる」

セイはセピアハープと踏むステップをずっと前から、そう生まれる前から知っているような既視感を抱いた。体が勝手にリズムを作ってゆく。自然のリズム、その恍惚に高揚してくる。

とても気分がよかった。世界と一体化しているような幻惑が脳を刺激していた。

二人をとりまく風が渦を作り、その中心で体が浮きあがってゆくような錯覚に陥って、とても体がかるかったのだ。

しかしそれは一瞬の出来事のようだった。再び地に足のついた重みを感じたとき、風はやみセイとセピアハープは静かに対峙していた。

息切れしていない自分に今のは夢だったのかと思う。セイは自分の全身を障ってみてそれを注意深く探った。

「いったい何を。いやもういい。あの時夢をみたんだ。その話がしたくて君を探してた。笑わずに聞いてくれるかい」

セピアハープはどうしようかなという表情を悪戯っぽくつくってセイをいじめる。

セイは苦笑いしつつ、

「はっきりと意識はなかったんだけど、僕はどうやら二、三日では回復しそうにはないほどの高熱をだして倒れたらしいんだ。ディメー達が看病してくれたけど、それが一日で回復するなんて奇跡でしかないらしいんだ。後で医者に診てもらうけど僕にはわかる。完全に回復してるってね。それに関係があるのかわからないけど、僕にとっては現実にしか思えないんだ。その夢の中で、僕の体は芯からとろけ出しそうなロウソクのように熱くなっていたんだ。血管なんか沸騰してるみたいだったんだ。特に、こめかみのところなんかグツグツ音をたてて煮えているような感覚がひどく今でも耳に残っているよ。喉はヒューヒューと空洞に吹き込む風のように鳴って、肺から漏れているようですごく気持ち悪く口の中も苦かった。苦しくて苦しくて目から涙が尽きることなく溢れたよ。その涙も熱くて目がキリキリと痛むんだ。でもそれが流れ出るのを止めることはできず、瞼も閉じることさえかなわなかった。妙に突っ張ってね。でも意識ははっきりしてるんだ。妙だろ。永遠にこの苦しみは続くんだって諦めてたんだ。これは罰なんだって。みんなに無理いって迷惑かけたから。そしたら急に額の中心が、今までの苦しい熱さとは違った熱をもったんだ。

その熱は反対にとても気持ち良くて、人の手の形をしていたんだ。誰かの手が触れているって思ってその姿を見ようとするんだけど、ぼんやりとしていて像が結べなかった。そんなふうにその誰かの姿を追ってるうちに、苦しみの熱さがその手を介して外へ出て行く感じがして、今度はとても気持ち良くて温かいものが体に入ってくるんだ。あれは至福の快感だった。だんだん意識もぼんやりしてきて真っ暗になって、目が覚めたらとても体がかるくなってたんだ。不思議な夢だと思わないか」

セピアハープはただ笑っていた。真面目に聞いているのか茶化されているのか全くわからなかった。彼女はただ笑っていた。だからセイは今にも喉から出そうなその言葉をのみ込むしかなかった。

『あの手は君だろう』

セイの予測したとおりの診断を医師はしてくれた。完治していたのであった。医師は首をひねっていたが、事実は変わらなかったので驚きつつもセイの回復力に感嘆して帰っていった。

セピアハープはまだちょっと丘にいたいと言ったので彼女は丘に残してきていた。後で気づいたのだが、彼女の様子はひどく疲れているように思えないでもなかった。

出発の時間まであと二時間ほどあったので、昼食をとってからセイは自分の部屋にこもってすごしていた。

机に向かって座り、アイセーラがリトルロンドンに忘れていった一冊の本を目の前に置いて、その表紙を眺めていた。

興味はつきない。しかし後ろめたさもあって、簡単にページを開くことはできなかった。じっと見つめていたセイは本に何か挟まっているのに気づいた。ページとページの隙間から紙片が覗いていた。

セイはその紙片を指で引っ張り出してみる。

するすると封筒が出てくる。表面に何も書いてなかったのでひっくり返してみたら、そこには『セイへ』と書かれていた。

自分宛のアイセーラからの手紙。もうそれだけでドキドキせずにはいられなかった。

手ざわりで封筒の中に何かが入っているのはすぐにわかった。

『僕宛の手紙なら見ても構わないだろう』

セイは勝手にそう解釈した。いや先に手が動いていた。封筒から中に入っている物を引き出す。

しかしそれは彼宛の手紙ではなかった。

一枚の写真が入っていた。

振っても何もそれ以外出てこなかった。

その一枚の写真には、大きな洋館の前で三人の人物がポーズをとって写っていた。真ん中の少女はアイセーラとすぐにわかった。その両脇には年配の男性と女性が立っていた。すぐにアイセーラのご両親だとわかった。その二人の面影をアイセーラが持っていたからだ。優しく微笑む二人とは反対にアイセーラは少し緊張気味に写っていて、セイの口元がほころぶ。

とても幸せそうに写っていた。

疑問がわいた。

なぜこの写真が自分宛の封筒に入っていたのか不思議でならない。その解答をいろいろ想像してしまう。

その答えは目の前の本の中にある気がしてならなかった。いけないと思いつつも勝手に手がページを探っていた。

その本はやはりアイセーラの日記だった。

セイは彼女がリトルロンドンの町にきた頃のページを探して、飛ばし読みを始めた。

恐縮ですが
切手を貼っ
てお出しく
ださい

112-0004

東京都文京区
後楽 2－23－12

(株) 文芸社

ご愛読者カード係行

書　名				
お買上 書店名	都道 府県　市区 郡　書店			
ふりがな お名前			明治 大正 昭和　年生　歳	
ふりがな ご住所	□□□-□□□□			性別 男・女
お電話 番　号	（ブックサービスの際、必要）	ご職業		

お買い求めの動機
1. 書店店頭で見て　2. 当社の目録を見て　3. 人にすすめられて
4. 新聞広告、雑誌記事、書評を見て（新聞、雑誌名　）

上の質問に 1. と答えられた方の直接的な動機
1. タイトルにひかれた　2. 著者　3. 目次　4. カバーデザイン　5. 帯　6. その他

ご講読新聞　新聞	ご講読雑誌

文芸社の本をお買い求めいただきありがとうございます。

この愛読者カードは今後の小社出版の企画およびイベント等の資料として役立たせていただきます。

本書についてのご意見、ご感想をお聞かせ下さい。 ① 内容について
② カバー、タイトル、編集について
今後、出版する上でとりあげてほしいテーマを挙げて下さい。
最近読んでおもしろかった本をお聞かせ下さい。
お客様の研究成果やお考えを出版してみたいというお気持ちはありますか。 ある　　ない　　内容・テーマ（　　　　　　　　）
「ある」場合、弊社の担当者から出版のご案内が必要ですか。 希望する　　希望しない

ご協力ありがとうございました。


〈ブックサービスのご案内〉

当社では、書籍の直接販売を料金着払いの宅急便サービスにて承っております。ご購入希望がございましたら下の欄に書名と冊数をお書きの上ご返送下さい。（送料1回380円）

ご注文書名	冊数	ご注文書名	冊数
	冊		冊
	冊		冊

サイテーだと自分をなじりつつも一度読み始めたら手は止まらなかった。

七月一五日
今日からリトルロンドンという町のフルハウス邸でお世話になることになった。近くに炭鉱場があると聞いていたので、風に乗ってでしょうか、炭っぽい匂いが空気に混ざっているような感じがしました。

駅に着いた早々に町並みを拝見しました。

意外に道とか舗装されていて商店街も栄えており、避暑地とも聞いていたのですが、想像よりにぎやかそうでした。

出会いもありました。路地でセイ君とぶつかりそうになったのです。ボーとしていた私が悪かったのですが、セイ君はひどくショックを受けているようでかわいそうでした。私の名前を強張ばった顔をして聞いてきたので変な顔してるっていいそうなのを我慢しました。

でもかわいいって思いました。

あとで私のための歓迎パーティーで彼を紹介されたときは正直いって驚きました。

でも妙に恥ずかしそうにするセイ君になんだか影響されて、私まで照れてしまい変な感じでした。彼は秋から通う予定のハイスクールの同級生でした。私のためにパーティーを主催してくれたフルハウス家のお嬢さんのディメーさんも一緒なのだそうで、いろいろとこの町での生活に期待がもてました。

本当に彼らとハイスクールに行けたらどんなに楽しいだろうかと今から期待してしまいます。またハイスクールに行けるとは思わなかったから。

七月二一日
今日、セイ君、カイ君、ディメーさんの四人でヨークシャーの丘の上からグライダーの飛行テストをしました。

セイ君が前に貸してくれた飛行機についてのいろいろな大切な本は、結局半分も読めませんでした。やっぱり飽きっぽい性質かもしれません。セイ君には悪いことしたと思うけど、とても言えません。黙っていようと思う。

セイ君とのグライダーのタンデムフライトは本当のところ、とっても恐かったです。空を飛ぶなんて夢みたいなことにはすごく期待していたけど、恐いものはやっぱり恐かったです。

でも実際、飛んでみてとてもよかった。

感動しました。セイ君に感謝しました。

途中アクシデントがあって墜落しちゃったけど。その時どういう過程かわからなかったけど、墜落した現場に青い髪をした女の子が倒れていて焦りました。

でもその子をセイ君が抱きとめていて、彼の鼻の下がのびているように思えたのでやっぱり男の子ってエッチなんだと思いました。

少し幻滅です。でも仕方ありません。とてもかわいい子でしたから。目を覚まさなかったのでとても心配です。きっと両親も心配して探しているだろうから、早く意識が戻ってほしいと思いました。

その青い髪はなんていうか空の匂いがしました。

七月二六日
青い髪の少女セピアハープさんの記憶をたどるため、あの事故以来はじめてヨークシャーの丘に行きました。

不謹慎かもしれないけど、天気がとてもよくて爽快でした。昔、家族でピクニックに行ったときのことを思い出しました。なんて場所かちょっと思い出せないけど、記憶の中の風景とかぶりました。

結局、セピアハープさんの記憶のかけらさえ見つけられなかったので残念でした。でも、そんなことを全然気にする素振りをみせない彼女にちょっと不信感を抱きました。

私ならもっとヒステリックになりそうな気がしたからです。それにセイ君が彼女に特別な感情をもってそうだったので教えてあげたかったです。それは同情だよって。何を書いてるのだろう。まるで私がセイ君のことを気にしてるみたい。バカげてるわ。彼にはディメーさんがいるもの。きっと。今日はなんか途中から書いてることが変になりました。でも誰が見るわけではないしいいか。人の日記を勝手に見る人がいたら絶対許せません。たとえ誰であろうとセイ君でもね。なんてそんなことはあり得ないけどね。今日はもう書くのはやめようと思う。だんだんおかしくなっていきそうだから。こんなことを書いてる自体もう変だから。

七月三〇日
明日、大ロンドンに行くことになりました。

ディメーさんやセイ君たちがお別れパーティーを開いてくれました。

セイ君に亡命者であることを告白しました。

意外に彼はあまり驚いていないようでショックでした。所詮、日の浅い付き合いだったのかなって思い、寂しかったです。でも私にとってはこの短い時間はかけがえのない一瞬でした。

忘れません。リトルロンドンの風の匂い、セイ君の匂い。悔しいけど私はセイ君が気になってしょうがなかったみたいです。もっと彼の側で一緒にいろんな物が見たかったなぁと思いました。彼とは二度と会うことはできない気がしてなりません。彼だけでなく、リトルロンドンにはもう二度と戻れない不安で、今日はなかなか寝つけそうになくて日記も長くなりそうです。

セイ君宛に大ロンドンに着いたら手紙を出そうかと思う。その下書きでも考えようかなって。彼のお父さんが亡くなってるって聞いて、見せられなかった私の両親の写真。私のことをもっと知ってもらいたかったけど、時間が足らないといまさらながら思います。いつもこうです。失った時間がなければ人は気づけないことが多過ぎます。まったくやり場のない勝手な怒りが込みあげます。

こんなこと手紙に書いてもしょうがないし、何を書こうか悩みます。手紙一つでこんなにも緊張するのは初めてです。でも一つだけは必ず書くことが決まってます。それは約束を守れそうにないため、謝罪しなくてはいけないのでこれは必ず書くつもりです。でもまだ一行も書けません。日記ばかりすすんでいきます。

少し夜風にあたってきました。実は今さっき、二時間ほど散歩に行ってきたのです。ジムについてきてもらいました。セイ君の家を遠くから眺めました。まだ倉庫のほうに電気がついていたので、きっとカイ君と二人で動力飛行機を製作していたんでしょうね。完成が見たかったです。

今日、私が最後にセイ君の家を見に行ったことを彼が知ることは絶対にないでしょう。

少し感傷的になりました。セイ君の家以外にもハンナさんの所、マハ君達の所も見ました。みんなに何かとてもお礼を言いたい気分になったからです。

本当にありがとう。すっごく楽しかったって。心からそう言いたい夜になりました。


セイはアイセーラの日記を勝手に読んでしまい罪悪感にかられたが、それ以上に涙が出そうな気分だった。彼女がとてもいとおしく思えた。大ロンドンへ行く決意は揺るぎないものになり、彼女にこの日記を返すという新たな目的もできた。

時計の針を見やると出発まで一時間をきっていたので、鞄にその日記と写真を挟んで入れた。そしてゴーグルをはめて慌てて部屋を出て行った。


バルジの経営するキリュウ飛行場の滑走路に「ホープ号」は待機していた。

その「ホープ号」の並びにバルジの乗る機体、「シーオリオン号改」が待機していた。

この「シーオリオン号改」はかつて、セイの父キリュウ・ライツが事故を起こした機体の原因を究明して、さらに改装した段階にあるものであった。バルジは一生かかってこの機体にこだわっていくつもりでいた。キリュウの最後の匂いを残すこの機体は、彼を縛る因果以上にキリュウとの絆のように思えてならなかったからである。

常に技術は進歩する。

「シーオリオン号改」は現在のバルジの心血を注いだ最新作であった。ただ無駄に数年倉庫に眠らせていた機体ではなかった。常にいじっていたのだ。

キリュウの息子の旅立ちに、一役買うという餞にはうってつけの機体にバルジには思えていた。

午前中に「ホープ号」は、ライツ家の倉庫からキリュウ飛行場まで台車つきの自動車で、ギュトーとカイやマハ達が運んでくれた。病みあがりのセイはできるだけ休ませ、自分達も疲労困憊なのに、短い仮眠の後そこまでしてくれていたのだ。

セイは「ホープ号」を見あげてそんな彼らの想いに感動し、感謝しても感謝しきれないそれらに、どう対処していいかわからずに言葉を失っていた。

言葉を口にできないでいるセイに代わって、カイが彼の肩を優しく抱く。

「素直にありがとっていえば十分だよ」

セイはゴーグルをはずせずにいた。

「……ありがと、俺、がんばるから」

セイはカイと深く抱き合う。マハ、ハーマス、アカムも倣うように二人を中心に囲んで肩を抱き合う。

メリーワット、シャレル、アレフ、ハンナそしてシャーベックはそれを温かく見守る。

そこにセピアハープとディメーの姿はなかった。

「ホープ号」と「シーオリオン号改」に燃料を注入し終えたギュトーとバルジは、

「邪魔して悪いがそろそろ出発だぞ。準備はいいのか」

カイはセイから離れ、背中を力強く押す。

よろめきそうになるのをセイは堪えて、

「これぐらいで倒れるな！」

カイが一喝する。

セイは地面に張りついた足を踏ん張って、

「おう！」

セイは仁王立ちになる。

その滑稽さにみんなの口から大きく息を吐くほどの笑い声が噴き出す。

セイは少し照れつつも、さっきから気になっていたディメーの姿を探す。カイはセイの心中をすぐに察して彼と目が合ったとき、首を振る。

「そうか――」

セイは諦めの溜め息を吐く。

「ホープ号」と「シーオリオン号改」の両機のエンジンに火が走る。プロペラがゆっくりと、そして駆け出すように早くなっていく。

セイはカイの手を借りて、「ホープ号」に乗り込む。

セピアハープだった。

セピアハープが「ホープ号」の進路の眼前に、いつのまにか姿を現したのだった。

「ホープ号」のプロペラの巻き起こす風の渦が音も裂く。

「セピアハープ？」

セピアハープはしかめっ面でセイを睨む。

その表情は苦しげに歪む。唇がもごもごと何か吐き出したそうに動く。まるで別の生き物がそこから生まれてきそうな命の勢いがあった。

「どうしたんだ？」

再びセイが問う。

「あ……う、ヴぁあ………せ、セ、セィ――セイ……セイ！　セ――イ！」

叫んだ。

その場にいた全員が彼女に注目し、その瞳に輝きが満ちてゆく。

「しゃべった」

ハンナが小さく叫ぶ。

「セピア――ついに君の声を――よかった」

セイは満足げに納得顔をつくる。

セピアハープはみんなの反応をさほど気にしている素振りはみせずに、セイにどんどん近づいてゆく。

「私、連れてって。思い出せそ、なの」

みんな目を丸くする。

「お願い……」

「無茶だよ。なんで今この時にそんなこと言い出すんだよ」

カイは髪をくしゃくしゃと掻きむしる。

「慌てないで、時間はあるでしょ。落ち着いてからゆっくりとお話しましょう」

メリーワットがなだめようとする。

セピアハープは声を出せたせいか、妙にすっきりした顔で胸を突き出すように張った。

「私、思い出した。大ロンドンから逃げてきたことを」

「逃げてきた?」

「そう」

「なぜ?」

「……わからない」

「わかったわ。でも今は諦めなさい。戦争が終わって落ち着いてから大ロンドンに行けばいいわ。それまでこの町にいたほうがきっといいから」

メリーワットはすすみ出て、セピアハープの手をとろうとする。

セピアハープはその手を拒否する。

セピアハープは再び「ホープ号」の進路に立ち、両手を広げて遮る。その表情は悲壮感と切迫感がない交ぜになっていた。

「お願い。私、一緒に行きたい！」

ゴオン、ゴオオンと「ホープ号」のプロペラ音が大きくなっていく。

「いいよ、セピア、一緒に行こう」

「セイ！」

セイは機上から手をセピアハープに差し延べる。

「彼女が記憶をたどろうとすることは彼女だけの決断だから。止めてもきっとそこへ至ろうとするよ。なら一緒に連れて行って、僕らのような味方となれる人が一人でも多く側にいたほうがいいと思う」

セイはセピアハープを優しく見つめ返す。

「わしもおる。無茶されるよりは今連れていったほうがいいだろう」

バルジも仕方ないという表情をつくって口添えする。

「しかし……」

セイはセピアハープに手招きし、そしてその手を取って空いている後部座席に彼女を導く。カイはそのお尻と足を支えてあげる。

「カイまで」

「勝手に失踪されるよりはましだよ。兄さんやバルジさんもついてるから大丈夫さ」

「だからって戦争に巻き込まれるかもしれないのよ」

「帰る所がなくなるかもしれないなら、その前にたどらないと。それに彼女にも守るものがきっとあるんだよ。家族とか、思い出とか、そういう過去なしに生きてはいけないよ」

「心配されてうれしいです。ありがと。でも行かせて。お願い」

「なんでみんなそんなに物分かりがいいんですか。私はとても辛くなります」

メリーワットは堅く手を握り合わせる。

セピアハープは「ホープ号」からさっと飛び降りてメリーワットに歩み寄る。

メリーワットは彼女が近づいてくるので身を引くように後退りする。

セピアハープはかるい足取りでスキップして、メリーワットの体を捕まえる。そして彼女の耳元で、そっと彼女にだけ聞こえるように息を吹きかける。

「私が守るから」

セピアハープは、メリーワットの肩を両手で優しく押すようにして彼女から離れ、再び「ホープ号」に乗り込んだ。

メリーワットはあっけにとられてきょとんとしてしまう。セピアハープのふわっとした残り香が鼻腔の奥に残る。

機上のセピアハープがメリーワットに手を大きく振る。

メリーワットの腕がピクンと反応してゆっくりあがる。

「……行ってらっしゃい。みんな行ってらっしゃい！」

滑走路を走り出した「ホープ号」と「シーオリオン号改」の両機の放つ轟音にかき消されないような叫びをあげて送り出すことが、メリーワットに今できる最大のことに思えてならなかった。

彼女に倣ってその場のみんなが大声を出して続いた。

カイもマハもアカムもハーマスもシャレルもアレフもハンナも、そしてシャーベックでさえも二つの機影が大空にのみ込まれて消えていくまで叫び続けた。


『リトルロンドンの空も大ロンドンの空もひと続きの空』

ディメーはセイの見送りには行かず、フルハウス邸内のかつてのアイセーラの部屋のバルコニーから大ロンドンの方向の空を見あげていた。

彼女にできることはもう彼の無事を祈ることのみしかなかった。ほかには何もできることが考えつかなかった。そんな非力に思えてしまう自分には、セイを笑って送り出す勇気がもてなかった。

きっとその場にいたら、セイを引き止めようとしてしまうに違いない自信があった。みんなが我慢していることを一人だけ口に出してしまう。なら行かないほうがいいと思ったのである。

セイには前だけを見てすすんでほしかったから。そんな彼のひたむきな姿勢に彼女は強く惹かれているのだから。

「無事に帰ってきてください」

ディメーの祈りはさらに深まってゆく。


開いた眼界に洋々とした海が映っていた。

夕陽を受けて海上すれすれを航進していく二機の飛行機の姿があった。

風に乗って心地好い潮騒の香りが運ばれてくる。それは長時間飛行及び海上飛行するのは、初めてのセイの緊張をいくらかほぐしてくれた。それに一人ではないということも心強かった。彼の後ろの補助コックピットにはセピアハープがいてくれた。

「ピーガガッ、セイ、もうすぐ目的地だ。後少ししっかりな」

無線を通して、嗄れた声がコックピットに流れた。セイの機体に先行して案内をかっているバルジの声である。セイは後ろのセピアハープに合図を送って知らせる。

セイは心底助かったと思っていた。グライダーとは比較にならない風圧の持つ重圧感が全身を包む。急造のうえに、すぐ実用したため十分な試験とならし回転の終わっていなかったエンジンは悲鳴をあげていた。港に着いたら即、点検をせねばならないと思っていた。

目的地である港町のサウスエンドが視界に入ってくる。ほぼ半日かけてゆっくりとここまでセイ達は飛行してきた。もちろんバルジがセイのペースに合わせたのである。途中私営の飛行場で給油をする。リトルロンドンのキリュウ飛行場を飛び立って、彼らはまずサウスエンドの町を目指した。

サウスエンド——テムズ川の河口沿いに拡がる低地帯のもつその単調な起伏を遮る断崖に囲まれた土地に、無数の「入江」や小湾が存在し、その自然を大いに利用した港を数多く所有している町である。かつてスカンジナビアの海賊達の砦があり、彼らの夢や希望が渦巻いていた土地である。彼らに辛酸をなめさせられたフランスとイギリスによって、討伐されたことはそう遠い昔のことではない。今はテムズ川の玄関として活気を有している。バルジが直線距離である内陸を避け、海岸沿いに飛行して遠回りをしたのは初心者のセイを連れているためである。内陸部の山岳地帯よりは、海上のほうがまだ飛行しやすいからであった。

それに昔とった杵柄とはいえ、バルジの操縦の実力も体力も落ちていたからである。

バルジはサウスエンドの町を目前にして後ろからついてくるセイへと視線を流す。悠々とまではいかないもののスタイルは様になってきたなと思った。彼らがサウスエンドにきた目的は表面上、バルジの大ロンドンへの物資の買いつけがその理由であった。直接大ロンドンの港に行かないのは、連日のドイツ軍の爆撃を避けたいためである。サウスエンドで一泊して、明日の午前中に大ロンドンへ行って用を済ませて、再びこのサウスエンドで一泊してリトルロンドンへ帰る予定であった。

よってアイセーラを探す時間はそんなにセイには与えられていなかった。

水上機専用に設けられた港に、「ホープ号」と「シーオリオン号改」は並んで着水していた。

セイは整備の済んだ「ホープ号」の水に浮くフロートの上に寝そべっていた。潮の香りが彼の鼻腔をくすぐり、少し消沈気味だった気分を慰めてくれる。夕食を済ませたセイは宿を出て辺りを散策した後、港にやってきていた。隣接する港には、数多くの船舶がひしめき合うように静かに並んでいた。この港には、「ホープ号」と「シーオリオン号改」以外にも三機の水上機、そして飛行艇が停泊していた。飛行艇のほうは遊覧用の客船であった。

セイは必ずくる明日に決意を新たにして、アイセーラの滞在するホテルの住所を確認するため、大ロンドンの地図を広げていた。しかし夕食時にその威勢はそぐわれた。バルジが大ロンドンとの仲介人とひと悶着あったらしく、日付を見合わせてくれるようにと言ってきたからである。詳しいことは教えてくれはしなかったが、その理由の想像くらいはついていた。おそらくドイツ空軍が連日来襲するため、都市には厳戒令がしかれていることが原因らしかった。もっとも夜の町を散策していて、町の人の噂をかるく聞き流した程度のものので、少し話が大きくなっていると言ってもよかった。

とにかく二、三日様子をみるということで明日、大ロンドンへ出かけるのは見合わせて、サウスエンドに滞在するようバルジに言われがっかりしたのであった。それを癒すため、なんとなく気持ちと足が港に向いたのである。

フロート上に寝そべったまま、手で海水をちょっとすくってはパシャッとほうる。両膝から下を海水に浸し、その冷たさを心ゆくまで味わう。夜空に輝く月は満月に近い形をしていて、とても澄んだ美しさを海面に投影していた。時々、遠くで汽笛のなる音がする。数ヵ所に設けられた灯台の光が時々頭上を照らしセイの頬に機体の影を落とす。騒ぐさざなみの音に混ざって、その声はセイの耳に届いた。

「ここにいたの」

「あ、ああ。もうすっきりと声が出るようになったね」

「……ええ、ありがと」

セピアハープは「ホープ号」の左翼の上に腰かけて、そのすらりとした白い足を伸ばす。靴も脱いで素足になった。翼からはみ出てぶらさがるセピアハープの細い足首に、ちらりとセイは視線を送る。

「記憶はどう？」

「……実はもう、思い出してます」

「……そう、嘘が上手だったね。本当は最初から記憶喪失じゃなかっただろう」

「………」

セイは沈黙するセピアハープの表情を窺いたかったが、翼がそれを阻んでいたし体を起こすのも億劫だったので、あえて彼女の反応を待った。

彼女は少しだけ両足をばたつかせた。

「いつからですか？」

「君の声を聞くまで確信はなかった。それによく聞いてきただろう。最初のときにもあったけど、その後もフォークやスプーンなんかの固有名詞を尋ねてくるのがわざとらしく感じられたしおかしかったからさ。最初は声も出ないし、それに記憶喪失っていう言葉にはぐらかされて、そういうものなのかと思っていたけれど」

潮をほどよく含む風が波をたて、機体を小さく揺らす。

「君は誰？」

セイはセピアハープの言葉をじっと待った。

「セピアハープ・ペンダント・ユキウリ。一応私の今の名前。そして私のこの姿は風の精霊が人の形をなして現出したもの。言葉を覚え、声を出すのには本当に時間がかかってしまったわ。そういうの忘れてたから」

「⁉」

わけのわからない解答にセイは閉口しつつ、しかし同時にそれを素直に受け入れようとする、静かな湖面のような心をその時もち合わせた。彼女の発した言葉の一つ一つが、湖面にたつ波紋のようにゆっくりと脳から体全体に浸透していくような感じだった。気のせいか、潮騒の音が少し大きくなったような気がした。

セイの戸惑いの回復に少しだけ間をおいたセピアハープは、顎に手をかけてからそのまま流れるような仕草んで髪をつっと掻きあげて、うなじに夜風を通した。

「今ではもう人間には信じられない存在だけど古くから私達、妖精とか精霊とかいったものは確かに存在していたの。その名残りが詩や歌、そして伝説にそういった表現が数多く残っているでしょう。さらにいうなら、人の記憶の奥底に美しいとか、温かいといったイメージで精霊って言葉は残っているでしょう。人間や動植物には本能、あるいは思考能力があるでしょう。でも風や、土や海、そして火にも生命は確かに宿っているのにそれらを他種に表現する、ううん、理解させる術をもち合わせていないのよ。感じさせることはできてもね。だから私達はそれらの者達の代弁者なのかもしれない。同じ地球という種に宿った生命なのだから……」

「はは、おもしろい話だ。そういうふうにいわれると信じられる、信じたいっていう気持ちが湧いてくるよ。変にはとらないよ。セピアを見てるとなんとなくそういうの納得できること僕の中にも少しあったから。でも当然疑問だってある。どうして君は僕らの前に現れたんだい。理由聞きたいな」

「突出しすぎた存在は常に嫌われてしまう宿命なのかもしれない。人はその英知をもって同種の動植物を突き放し、根づいた競争意識のもと、同族の人間同士でさえ争うようになってしまった。自分だけのより高みへの覚醒を求めてね。でもそんな人を私達は見捨てたりしたくはないし、つながりを断ちたくはないの。そして忘れてもらいたくはないの。だから未来ある次世代を担う子供達と接することによって、理解を示してもらう。なぜかわからないけどそういう命令を私は生まれたときからもっていました。故に、セイのように私と接して不思議な体験をすることになる人は、世界にたくさんいます。それは昔からずっと続いています。それでも人は大人になるにつれて忘れようとしていく」

セピアハープは一息にそこまでいって間を入れた。セイは瞼を閉じたまま聞きいっていた。

「人間も子供のときは私達に近い存在でそして純粋なのよ。でも成長するにつれ、自ら定めた社会の中で、幼き日に描いた理想とか夢とかを一つずつ一つずつ諦めてゆくの。まるで色あせていくかのように。制限されたものの中でさらに制限を生み出してしまう。人の英知はそういうものまで生み出してしまった」

「思考に幅をもたせすぎて歯止めがきかなくなり、さらには許容できる能力を越えていってしまったのかもしれない。だから夢を諦めるとか、そういうことを言葉にする人は少なくはないね。心の奥底でくすぶらせていながら……」

セイはアイセーラのことがちらりと脳裏をかすめる。

「でもそれは私にとって私の世界での受け売りのようなもの。私の考えは少し違うつもりなの。制限でも色あせるでも、諦めるのでもないと思うの。そう思わなければいいのよ。時がうつろうように、夢も変化をもつ、一つの流れのようなものだと思う」

「永遠に変わらないものはすばらしいものとは言えないよ。永遠の美しさや命を求めるってよく伝説にはあるけど、一年に四季があるように流れがあるからこそ美しさも、そして生命も続いていく。そして、その時その時に違った輝きを放つと思う」

「そうよ。この世界には確かなものとして時の流れがあるのよ。誰もがその身を委ねている。セイが大人を迎えるのも、私達精霊とのつながりが希薄になっていくのも、一つの過程にすぎないかもしれない。その過程において以前より、より大きく輝きを増すと思う。そういうものをちょっと大げさかもしれないけど、覚醒と称して人は追い求めているのかもね」

「君とはずっと一緒にいたい気がする。……失いたくないもののために」

「ふ～ん」

「セピアハープ――」

「セイには大切な人が心の中にいるわ。あなたを必要として、またあなたも必要とするね。私があなたの前に現れたのはただの偶然じゃないと思う。私はあなたに呼ばれた気がしたから。引かれ合うものがなければ、出会いもまた巡ってこないと思うから。私の今のこの姿は、セイがきっと強くイメージする憧れだから。側にいて欲しいと願う形なの。本来精霊に雌雄の区別などあるのか私達でさえわからないものなの。それが地球上の生命達との唯一の違い。セイの気持ちが私という形を作っただけ。だからあなたは、私にどこかで会っているような気持ちを抱いたこと、一回じゃないはず」

「僕の想いがセピアを呼び、その姿を生み出したって。わからないよ。何を言っているんだい」

「記憶がないって言ったのは全くの嘘じゃないわ。今言ったことは私が今そう思ったことで、自分の生まれた理由は本当のところ私が探しているものなの。でもセイに呼ばれたっていうのにには妙な自信があるの」

「君はいったい誰なんだ?」

「誰? 風の精霊よ。風、ううん、より大きな空を愛する気持ちを持つセイ、そしてそれを秘めていたアイセーラ。それは私でありアイセーラであり、そしてセイであったからこそ抱く共鳴に似たもの。だから出会えた。その一つの形が風の精霊、セピアハープ・ペンダント・ユキウリの私です」

「………でもそれだけじゃないような気がして、そして何かを忘れているような気がすごくしてきたよ」

「焦らないで。明日アイセーラさんに会えば、また一つ答えがでるかもしれないでしょうから」

「い、いや明日の出発は――」

セイは言いかけた言葉を切った。

翼の上に足をあげたセピアハープは、海から吹いてくる風を胸いっぱいに吸った。

「そうだな。明日は早起きしなくてはな。もう寝ることにしようか。明日は付き合ってくれるのだろう?」

「もちろん!」

セイも潮風を胸いっぱいに吸い込んだ。


曙光をその翼のすみずみにまで受けて「ホープ号」は悠々と朝霧のかかる空を駆け抜ける。それはまるで青いたてがみを風に靡かすホワイトホースのようであった。目指すはアイセーラのいる大ロンドンの町。

セピアハープのおかげなのか、場が安定しているというのか風が安定していた。

セイには操縦桿を握っていなくても、このまま風に乗って地の果てまで飛んでいけるような気がした。大ロンドンにまで続くテムズ川を目印に、できるだけ高度をとって飛んだ。大ロンドンの周辺は、霧のロンドンの呼称にふさわしく霧が降りてきていたからである。

早朝、日が昇る前から宿を抜け出したセイとセピアハープは、「ホープ号」で大ロンドンへ向けて出発した。もちろんバルジには黙ってである。後でこっぴどく叱られるのは覚悟のうえである。もう目と鼻の先にあるアイセーラの息遣いが、感じられるようでじっとしていられなかった。

もうすぐアイセーラに会える。とにかくアイセーラに会いたい。それからのことは後で考えればいい。今のセイにとってアイセーラと再会することがそのすべてであった。

霧に包まれた都、大ロンドンが視界に入ってくる。セイは湧き立つ気持ちを必死に押さえて高度を下げようとしたとき、眼下に拡がる光景に慄然とした。最初、鳥の群れかと思ったが、近づくにつれてそれは間違いであると確信しつつ、それでもまず自分の目を疑った。

「ホープ号」の真下を今、無数の戦闘機と爆撃機が大隊を形成して勇壮と飛んでいた。間違いなくドイツ空軍であった。

まさかこんな所で遭遇するとは思いもしなかったことであった。現実は今、セイとセピアハープの前に荘厳なる大軍団を出現させたのである。

一九四〇年、八月一五日。

ドイツの総統アドルフ・ヒトラーは配下の将軍ゲーリングに命じて、戦爆連合の一九五〇機を出撃させ、敵国イギリスの首都圏の殲滅を図った。これほどまでの大部隊を投入したのは、第二次世界大戦初まって以来のことであった。

「どうしたらいい……」

高度を保ちつつセイは絶句した。セピアハープに意見を求めたかった。しかしエンジン音と裂かれる風圧にかき消されて、彼女には伝わらなかった。

セイは大ロンドンの首都防衛部隊はどうしているのだと思い、再び祈りと不安を込めて大ロンドンの空に視線を向けた。しかし失望のみが帰ってきた。霧のせいもあるがイギリス軍の姿をその視界にとらえることはできなかったからだ。

「気づいていないんだ！」

今度は左腕を振りあげて後部座席のセピアハープへ合図を送る。

すでにセピアハープは異常を感知していたのか、振り返って彼女の気色を一瞥したセイには難色を示しているように見えた。セイはできるかぎりの声を張りあげて彼女の反応を探った。

セイの不自然な挙動に応じてセピアハープも耳あてをはずした。空気を切り裂く風音が耳に飛び込んできて、直接脳を振動させるような気がして痛覚を痺れさせた。

「空で争いが起こるの！」

「ああ!」

言葉を交わし合えたものの、二人とも嘆息を吐いた。

「いや! 気持ち悪い! 助けて…」

セピアハープは自分の胸元を掻きむしるようにし、吐き気を堪えていた。

「……」

セイは彼女の息まく言葉の理解に苦しみつつも、切羽詰まった空気をのみ込んでいた。

ドイツ空軍の先頭をきる先発大隊隊長のザード・バランシェ大尉は、頭上で展開している不審な機影を察知した。敵の偵察機、いや味方が隊列を乱しているのか、そんな疑念を抱きつつ、続く友軍機の青年将校シュタラウ・クリスカム少尉に意見を求めた。

「……いえ、そんな報告はありません。敵の偵察機かと」

「そうか、ならば対応すべきか」

この暁の強襲はほぼ成功していただけに、今ここで一つでも不安分子を見逃すわけにはいかなかった。

「しかし、もう目と鼻の先です」

「私に代わってお前が指揮をとって先導してくれ。データにない機体だ。敵の新鋭機かもしれんしな」

ザードはそう言って、無線はOFFにし、操縦桿をきった。

不快な直感が全身を走り、セイは再びドイツ空軍に視線を送った。大隊の先頭の一機が列を離れて後方へ下がっていくのが見えた。

「……?」

いけないと思った瞬間、セピアハープの張り裂けそうな声が飛ぶ。

「セイ!」

とっさに機体を雑に横にして上昇をかけた「ホープ号」の機体をかすめて、ドイツの戦闘機が高速で側を通過した。

旋回を終えたザードは「ホープ号」の後方に回りつつも、機銃の弁を開かなかったのは、敵新鋭機の性能を間近で確かめたかったからである。切り替えは早いなと思った刹那、疑問が浮かんだ。

「民間機?」

すれ違いざま、視線で追いかけた機体は砲座がないように見えた。

敵の接近を肌で感じたセイは、もうこれだけの行動で息があがってきていた。敵が後方をとりつつもなぜ撃たなかったのかという疑問は湧かなかった。実戦という言葉に気負されて肩が小刻みに震えてきた。操縦桿を握る手が硬直して、セピアハープに合図を送ろうにも手が離れなかった。全身に冷や汗を掻きつつも、そんな自分を叱責して奮い立たせようとした。

「落としておいたほうが懸命か」

殺伐としたセリフをためらいもなく吐けるザードは、まぎれもなく軍人であった。人の死に対して免疫のできている彼に家族はない。名誉だけが彼の自信と命を支えるすべてであった。彼は今度は機銃の弁を開き、素人っぽい軌道をとる「ホープ号」の運動の延長線上に照準を合わせた。

「もっと左！」

存外冷静だったセピアハープの声が空を裂いて走る。セイは反射的に反応できた自分自身に驚いた。ザードの機銃が激震を与えたが、「ホープ号」の装甲に弾ね退けることができた。「ホープ号」の装甲は戦闘用に補強されたものではない。しかし極限までに空気抵抗を減らすように設計されていたことが幸いした。

見えない気流の壁が機体を覆っていたからだ。でもペイントははげた。

「ばかな？」

ザードは、彼の予想を裏切る軌道修正に短く憤然とした怒りの言葉を吐き出しつつも、再び旋回し、今度は上空をとった。

銃弾が側をかすめたセイは、蒼白になっていく自分を歯を食いしばることで堪えた。惰弱な自分を呪いつつも必死に敵の機影を追って視線を三六〇度に張り巡らした。

上空をとられたことに舌打ちし、操縦桿を倒して、急降下を始めた。下空の濃霧にまぎれてやり過ごそうと考えたのである。しかしこれは思っていたより体に無理がかかった。キリキリとした耳障りな音に肋骨が悲鳴をあげているのかという錯覚を抱き、体重にGが過重されて体はシートにめり込んだ。

「セイ！」

感知できない意思に焦ったセピアハープは絶叫した。それは離脱しかけていた彼の意識を現実に呼び戻した。高度の低下が気圧の変化を招きセイは失神しかけていたのだ。

背後では同じように急降下をかけるザードが、凄絶な笑みを浮かべていた。浅はかな敵の回避行動に悦したからである。しかし彼の機体と「ホープ号」との間に割って入ってきた機体によって、その機先はそがれた。

「シュタラウ！　どういうことか？」

ザードは無線をOFFにしていたことに気づいて、ONにしつつ激怒した。

「……大尉、敵戦闘大隊です。そんな民間機に構わずに戻ってください」

「チィ、どうして民間機だとわかる」

「それは——勘であります。それより」

「ふん、わかった。第三～六空挺師団は西方へ、第七～九空挺師団は東方へ散開して都市に侵入し、配置できしだい各個連隊長の判断で爆撃を開始。残りは正面から突入する。我に続け！」

半ば成功しかけている奇襲であったから、彼はその敵意の矛先を眼前の不明機から、大隊の前方を遮るイギリス空軍へと移した。

イギリス空軍の先頭をきるのはオーギット・ホロスコープ大佐自らであった。正規軍と傭兵との混成軍で連携に不安があった。

まだ問題の残る新型レーダーに頼りすぎていたことと、朝靄ゆえに警戒心を怠っていたことに責任を感じ、ここまで敵の侵入を許してしまったことを反省していた。もう少しで、祖国での過ちを繰り返してしまうところであったからである。

セイはイギリス空軍の姿を視界にとらえて、一瞬だけ安堵した。しかしそれはすぐに不安に変えられた。彼の気づかぬうちに、ドイツ空軍は首都ロンドンの制空権内に達していたからである。対応の遅れたイギリス空軍も、展開してゆくドイツ空軍に倣うように散開していった。

一つの空域で両軍が今、衝突する。

「もっとあっちでやれよ！」

セイは大ロンドン上空での戦闘に焦燥感を募らせた。ここまで侵入を許してしまったイギリス空軍にはがゆいものを感じたが、同時に無力すぎる自分を嘆いた。

「このままではアイセーラも——みんななくなってしまうよ」

セイは失意を色濃く瞳に浮かべて、戦闘行動に入っている両軍の上空を懇願するように大きく旋回した。

「できるかしら、セイ」

「何を？」

「やめさせないと。そうしないとひどいことになる」

「わかってるさ。でもどうしたらいい？」

「何かあるはず。誰かならどうします」

「——！」

「そう——なら、両者の間に入ってなら」

「わかんないよ！　いったい君は何を」

「お願い！　そうして」

そんなという言葉をのみ込んで、セイはセピアハープの突然の決意に戸惑った。そして機体が流されているような錯覚を覚えた。両者の間に入ることなど危険極まりないことだが、何か策があってのことなのだろうか、しかしセイに説明している余裕はセピアハープにはなかった。それだけはセイも理解できた。

「でも無茶だ！」

「大丈夫よ。セイを必ず守るって言ってるでしょ。信じなさい！」

「……誰が守ってくれるって」

「そう、もっともっと強く信じて。想いを含んだ風が私達を包んでくれている。それはとても優しいから」

セピアハープのかけてくる言葉は、あくまで温かくたおやかな響きを所持していた。先ほどまでとは打って変わって妙に落ち着いてくる自分が、セイは恐いとも思った。しかしセピアハープの言葉を受け入れる決心はついていた。

「風を信じない飛行機乗りはいないさ」

けたたましく大ロンドン全域にまで響き渡る警報が、アイセーラの耳に飛び込んでくる。

「アカシア」ホテルの一室で、窓辺に寝着のままアイセーラは朝靄の空を窺っていた。

数ヵ所で煙があがっているのが目に入る。

遠くの空がチカチカと光っていた。

「アイセーラさん！　お早く」

勢いよくドアが開いて、血相を変えたケッサリアがアイセーラの部屋に飛び込んでくる。

「落ち着いてください、ケッサリアさん。パニックは人を殺しますよ」

「………」

静かな口調でそういうことを言うアイセーラに、ケッサリアは嫌悪感を覚えた。まだしこりがとれてないとも思った。

「でも事態が事態です。逃げ支度をなさってください。シェルターへ案内しますから」

「……この町の人すべてを収容できるシェルターは存在していないのでしょう。それにこういうことには慣れていますから」

アイセーラは冷ややかな視線をケッサリアに返していた。ケッサリアは妙に落ち着きすぎている彼女に、恐怖心が麻痺しているとしか思えなかった。

「どこに逃げても一緒ですよ」

さすがのケッサリアもその達観した物言いに切れた。アイセーラの腕を掴み、彼女の頬を力一杯叩いた。

アイセーラの髪が渇いた音とともに、パッと咲く花びらのように衝撃で開く。

「それでも生きるために這いずり回って逃げる命があなたにはあるのよ。悲しいこと言わないでください。もっと恐いものでしょう」

「………恐い」

ケッサリアとアイセーラの瞳からボロボロと涙が溢れてくる。アイセーラの体が急に震えてきて自分でも止めることができず、強く自分の二の腕を掴んだ。

「その恐さがわかるならまだ努力できるわ。みんなが守ってくれたアイセーラさんだから——」

「………」

アイセーラはいろんな想いが交錯して頷くことが精一杯だった。ジムのこと、オーギットのこと、ディメーのこと、カイのこと、そしてセイのこと。

そのことを想い浮かべるとアイセーラの四肢に再び熱と力が入った。


両軍の先頭をいくオーギットとザードは、視界の端に上空より切り込むように急降下をしてくる機影をとらえた。一瞬、注意がそちらに飛ぶ。

「やってやる！」

展開を終えた両軍はもう機銃の弁を全開にしていた。両軍の間に割って入ったその機体は、急旋回をかけてドイツ空軍の大隊に正面から突っ込んでいった。

先ほどのという言葉をのみ込んで、正面からくる機影にザードは掃射を浴びせかけた。つられて両機もそれにならった。

再び激震が「ホープ号」をとらえた。

「直撃？　いや大丈夫！　……はずだ」

セイは肯定と否定を同時に直感的に口にして絶叫した。「ホープ号」は柔らかい脇腹をつかれたように被弾していた。空転してきりもみ回転し、その翼は飛行機雲を尾のようにひいた。セイとセピアハープは高度が下がっていくのを体感していた。

セイはセピアハープを気遣って大丈夫か、確認しようと後部座席へ振り返る。

セピアハープは頭を垂れてうずくまっていた。

「セピアハープ？」

「……大丈夫よ、ほら、ちゃんと前を見て」

セピアハープは左首のつけ根を手で押さえてセイに見えないように隠していた。

「心配しないの。平気だから」

セイの不安をよそにセピアハープはベルトを緩め、大きく体を反らせて座席から抜け出そうとする。セイはもう黙っていることができなかった。

「なにをしようってんだ！　もういい、そのままじっとしてろ！」

セピアハープはそのセイの声を無視した。

さらなる追撃をかけようとするザードは、操縦桿を握る手に戦慄を覚えた。彼の動体視力は限界以上の働きを示して、ストップモーションのように迫りくる少年の顔、姿、そして後部座席、なんと座席に立つ少女の顔をはっきりととらえていた。

後部座席に立つセピアハープは、空色の髪をとめていたヘヤピンをはじき飛ばせて、気流に流されるままにその髪をのせ、解放するように靡かせた。

その姿は敵味方を問わず、距離にかかわらずはっきりと脳裏に、いや心に投影されていった。

それはスポンジにゆっくりと水が染みていくように意識下に浸透していった。

セイ自身もセピアハープの不思議な行動に精神を不安定にしながらも、振り返って見入っていた。

両手を差し延べるようにして広げ、仁王立ちのままセピアハープは声を洩らした。

「空を静かに」

人々の尽きない争いの種をすべて吸い込むように、彼女は肩で大きく息をした。空に身を委ねるすべての人々は、彼女の息遣いを肌で感じ、不思議な満足感にみまわれて、戦闘意欲が急速に萎えていくようであった。

空に溶け込むように、靡かせる空色の髪が虹色の帯を引き、波打たせる。

空が揺れていた。

ザードは惹かれる意識を振り払うように機銃の弁に手をかけたが、「あっ!」と短い悲鳴を洩らしたまま彼は自分の刻を止めてしまった。セイも同じだった。

セピアハープは空を翔るように、座席を蹴って宙にその身を委ねたのである。機体から離れてゆく彼女の体は風に救われて舞い、全身から光の帯を煌めき放つ。柔らかい閃光はまるでもう一つ太陽が昇ってきたように、空の人々にも町の人々にも感じられた。

避難行動を起こしていた町の人々の足が一瞬止まる。

その人ごみの中に揉まれていたアイセーラ達の足も止まる。彼女もまたその温かい日差しに似たものを全身に浴びていた。

高度を落としていく「ホープ号」の中で、セイは知覚が数倍になっていたのか、鮮明にセピアハープの姿をとらえていた。

霧に馴染んで虹色の帯が町全体を包んでいく。まるで大ロンドンというプレゼントの箱に虹色のリボンをかけるかのようである。そしてそれはやすらぎの光かもしれない。

人の住む場所、町には歴史がある。どんなにきらびやかに飾っても、濃厚な荘厳さを保ってもそこには人々の生活とともにさまざまな愛憎が渦巻く。それらすべてを緩和することなど不可能である。ある者は去る。しかし訪れる者もいる。そして町はそれらを拒否することはない。ドイツ空軍が大ロンドンの中枢部にまで達することができたのも、大ロンドンという都市のもつ偉大な抱擁力なのかもしれない。

霧がとてもゆっくりと流れる。

セイの空白の意識に膨大な情報が流れ込んでくる。それはこの町、いや人の歴史、そして見えてきたものは、混沌として形のない世界。セイの許容量を越えた情報の渦に、彼の意識はしだいにのみ込まれていった。

「風……ん、空の精霊…………!」

不思議な言葉を口にしたセイは最後の意識を振り絞って、操縦桿を握り機体の頭をあげるようにし、テムズ川を視界の全面でとらえるようにした。

町の建物の屋根がセイの眼前に拡がってきていた。「ホープ号」はしだいに墜落していく過程にあった。被弾した個所から糸引く煙と漏れた燃料が飛び散っていた。

川面で弾ませてワンクッションおけば、機体がバラバラになることはないはず。そういう考えがセイに最後の勇気を与えていた。

セイはこの瞬間視界に映っていたビックベンの建物を後で思い出す。

ザザ……ブン、ザブ——ッ
「ホープ号」は水面で暴れ馬のように数回跳ねて、停泊していた小型の船舶のマストや飛行艇の翼を引っ掛けながら失速していった。

船舶を港に固定するロープに尾翼を引っ掛け、一度頭をもたげて嘶くように大きく跳ねて急停止し、頭から倒れ込んでいった。

頭から突っ込んだ衝撃で勢いをつけた水がコックピットの中に怒涛のごとく流れ込んでくる。

しぶきの感触はすぐにセイの全身を包んでいった。泡立つ水の中に何度か首を振られて、気が遠のいてゆくのが自分でもわかりすぎるぐらいわかって恐怖を抱いた。

『真っ白だ！』

水泡の持つ白さがセイにそう思わせたのかもしれない。

その時、急に目の前が開けたように強い閃光がセイに向かって走ってくる。消えかけていたセイの意識が引っぱられる。

強烈な痛みがセイの全身をショックとともに流れる。痛みを感じられるということはまだ自分は死んではいない。生と死の狭間であがいているのだという確信がもてた。

「……セイ、……セイ」

『声が聞こえる』

セイは自分を呼ぶ声に言いようのない懐かしさを思い出していた。そして自分の体が見えない力で支えられているのを感じていた。

「……体が濡れてない？」

セイは確かに水中に「ホープ号」とともに突っ込んだはずなのに、衣服から水が滴っていない自分を不思議に思った。水の冷たさよりも湯の中にいるような温かさを逆に感じていた。

「セイ、セイ、セイ」

またセイを呼ぶ声がする。声が聞こえたと思える方向を見やる。

「また会えたね」

「また会えたな」

セピアハープのものでない男女の声音の混ざり合った声であった。

「セピアハープ――?」

セイを呼ぶ声の主がその姿を彼の前にさらけだした。

風の精霊セピアハープ・ペンダント・ユキウリであった。

セイの目が衝突の衝撃でおかしくなっているのか、セピアハープの姿は二重、三重に見え、その背中から幾重にも翼が生えて、虹色のオーラをまとっていた。その存在が安定していないのか翼は空間に揺らいでいるかのようにゆらゆらと雲を引いて流れていた。

「天使――俺は死んだのか?」

「ううん。私の時とは違う。約束したでしょう」

セピアハープの声紋に、男のものとも女のものともとれる波がたっていた。

「約束?」

「……記憶をなくしていたというのは本当のことです。というのか、思い出し、形に出てくるのに時間がかかってしまったのだ」

「何を言っているんだセピアハープ。君は精霊なんだろ。まさか」

「空で散った想いは風に空に溶け込んで混ざり、そして少しだけ残る。本当は空でひとつも散ってほしくはない。すべての命は美しくそして大切な宝石」

セピアハープは、ふわっとセイの側にまで舞い降りた天使のように近づいてくる。そして力のかぎりセイを抱き締める。

「私達の出会いは必然だった。いや必然にしたのだ」

セピアハープの声がはっきりと男の声に変わる。セイはその声をよく知っていた。

「セイ、お前を守るために風の力を借りた。……それが私の探していた答え。あなたを守る約束のために――」

言葉の後半の声音はだんだん女性に戻っていった。

「いつでも見守ってる……」

セピアハープはセイの体をもう一度だけ優しく抱き締めてから、ゆっくりと名残り惜しむように離れてゆく。

セピアハープの目つきが一瞬きつくなり、そして優しいいつもの彼女の目に変わる。

「ふふ、人って意地っぱりだから、つい突っ走ってしまうのよね。それが悲しいことなのか、いいことなのか、わからない」

セイの唇が動く。声が急に出なくなっていた。

『矛盾だ』

セピアハープはセイの唇の動きを読んだ。

「そうね。矛盾だわ。やっぱり人って意地っぱりだわ」

『その意地を通したから、今君はここにいてくれるのだろ』

セイは自分でどうして声が出なくなったかわからなかった。

「これ以上セイの声に耳を傾けると彼、いえ私は苦しくなる。約束は守ってみせます。だからセイも約束を守らないと。こんなところで立ち止まっていてはいけないでしょ。急いで」

『忘れてないよ。それだけが彼女との唯一のつながりだから』

セイが心の中でそう叫んだとき、すべてが正常な時の中に戻っていた。

現実の世界である彼の目の前には、セピアハープの姿はなくまさに水の中であった。

ゆっくりと沈みゆく「ホープ号」からセイは上半身を出して、口の中に溜った水を吐き出した。ブーツに仕込んでいたナイフでベルトを切り裂き、コックピットから脱出する。

川に飛び込んで泳ぎ、突き出ている桟橋の足をつたってその上に登り、体を横たえる。

ずぶ濡れの衣服がやけに重かった。

セイは自分の握っていた拳に異物感を持った。開いてみるとそこには小さなボルトが入っていた。グライダー「エレメンタル」の部品であった。

「お守り……」

セイは沈みゆく「ホープ号」を見やる。

「ありがと。後で必ず迎えにくるから。ちょうどいい。テムズ川で洗ってもらうのも」

セイは苦笑しながら、彼を助けに桟橋にやってきた避難途中の人々に、大丈夫なことを示しながら道をあけてもらった。

駆け出したセイの足はもう誰にも止められない勢いがあった。

セピアハープによる空の呼びかけは大ロンドンの町全体を包んでいた。ドイツとイギリスの多くのパイロットの心にその姿は投影され、その戦闘意欲をほとんど奪っていった。しかしその声が届く前に、ドイツパイロットによって一度放たれてしまった爆撃弾は、もう回収することはできなかった。それらは町のあちこちに弾着して建物を吹き飛ばし、そして焼き尽くしていた。

方々であがる火の粉を含んだ黒煙が、人々の避難行動を阻んでいた。

我先に逃げようとする人々の感情は、ヒステリックになりセピアハープの声も届かず、パニックを起こしていた。

そんな人波に揉まれてアイセーラ達もシェルターへ急いでいた。しかし思うようにすめないのと、シェルターの場所を探すという行動が彼女達の避難も遅らせていた。

ケッサリアから、ジムと一緒にオーギットを襲った工作員がまだ「アカシア」ホテル周辺を監視していた、という未確認な情報もあって、警戒もしなければならないと忠告もされていたので不安も残っていた。

アイセーラはふと誰かの視線を感じて立ち止まった。ゆっくりと振り返り、きた道をじっと見つめる。彼女が急に立ち止まったため、後ろから走ってきた男性の肩が彼女を避けるときにぶつかる。ちょっとよろめきつつも、地に足はついていた。

逃げまどう人々の流れを割って、アイセーラは空を見あげていた。彼女の頭の中で誰かに呼ばれた感覚が消えないでいた。

側の建物の屋根の向う側の空が薄い茜色を帯びていた。

「誰なの……」

アイセーラのその呟きは跫音にのみ込まれてかき消された。

はっとして我に返った彼女が辺りを見回したとき、彼女を先導していたケッサリアの姿はどこにもなかった。とてつもない不安にかられてケッサリアの姿を必死で探した。しかし人垣で思うように道をすすめず、完全にはぐれてしまったことを理解するのにそんなに時間は必要なかった。

寒さを覚えた。

アイセーラはかつて祖国ポーランドで抱いた、追い詰められるような感覚をセピアハープの放った光に包まれることで忘れていたが、徐々に体がそれを思い出そうとしていた。とにかくどこでもいいからシェルターを探さなくてはと思い直して、あまりすすめない混んでるルートは避けて、通りの路地に迷い込んでいった。

セイは大ロンドンの地図を広げて、ディメーから教えてもらったアイセーラの滞在しているホテル「アカシア」を目指していた。

さっきテムズ川に身を浸したので地図も濡れてしまっていた。ところどころ穴もあいており、皺くちゃで見にくかったので、その場所を探すのに手こずっていた。

結構自分が方向音痴なところがあることにセイは今、気づいた。方々であがる黒煙が彼に焦りを募らせる。

「くそ！」

そう舌打ちした彼の焦りが今まで忘れていた疲労を思い出させた。

セイは立ち止まって、呼吸を整えながら両膝に手をついて腰を少し落とした。

「ぜ〜は〜。ふぅ〜」

汗がどっと噴き出す。

セイは自分の中の勢いを殺さないように、両頬を平手打ちして気合を入れ直した。

『そっちじゃないよ』

セイの耳たぶを風が撫でる。耳たぶを押さえて辺りを見回し空を見あげる。そして再び前を向き直す。

セイの三メートル手前にセピアハープが再び姿を現した。しかしその姿は完全に透けていて、通りの向こうの景色が見えた。街灯でさえ透過していた。

セピアハープはもう今の姿を保てなくなっているようにセイには見えた。

「……セピアハープ」

セイの呼びかけに彼女は唇だけ動かして答える。

「君についていけばいいんだね」

セピアハープは頷く。もう声も出せないようであった。彼女の姿はまるでソフトフォーカスのレンズで写したかのように薄ぼんやりとしていた。

セピアハープはきびすを返してセイを案内するように駆け出す。

セイも続いて彼女に追いつこうと全力で駆け出した。端から見てると、二人の追い駆けっこが始まったように見えた。

『彼女に追いつきたい』そんな衝動がセイの心根を突き動かしていた。いやそれは追いつかねばという義務感のように彼には感じられたし、それが正しいという妙な自信があった。


アイセーラはただやみくもに路地を駆け抜けていった。シェルターを探していたはずなのに、自分から人気のない方向へどんどんすすんでいたようで、もう辺りには誰の姿も見つけることができなかった。

改めて自分は孤独になったのだと感じていた。

アイセーラは足を止めて、断線してしまったのか電球の切れた街灯の下で佇んでしまった。護身用に一応携帯していた拳銃をポケットの中で握り締める。その冷たい重さがなぜか心強かった。ジムも父オーギットもいない今、唯一自分を守れるものに思えたからだ。

しかしそれはとても悲しいことだともわかっていた。

ガタンッ。側でなにか棒切れみたいな物が倒れ、その足元で黒い物体がさっと動き影が揺れる。

アイセーラはケッサリアに忠告されたドイツの工作員のことが頭をよぎって身構える。

その影は猫の形を作ってアイセーラから逃げるように走り去ってゆく。

「………！」

ほっとしたアイセーラの鼻を異臭が襲う。

「まさか？」

アイセーラは身の危険を直感してその場から走り出す。

ドウウッ！

路地に面していた近くの商店のウインドウが破砕され、その奥から硝煙が噴き出す。電線が断線していたことと多分関係があるのだろう。地下のガス管が破裂したようであった。

アイセーラは微かなガス漏れを悟っていた。

近くでドイツの爆撃はなかったのだが、地下でつながるガス管を通して彼女の側まで火がやってきていたのだ。

アイセーラは硝煙に煽られて、つんのめりそうになるがなんとか堪える。頬を手で拭ったとき、手が頬に付着した煤で真っ黒になった。

なんだかとても悔しい気持ちになってこぼれそうな涙を必死に堪える。

『追いついた!』

セイは爆音の飛び交う危険を顧みず、狭い路地をセピアハープの風に追いつこうと必死に走った。

そして今、彼女の体と風が重なる一瞬に、心の中で荒っぽく動物的に叫んでいた。

アイセーラは、黒煙があがる角の路地から人影らしき物の影を視界の端でとらえて、反射的に恐ろしいスピードで拳銃を構えた。その手はもう震えてはいなかった。

「…………!」

セイはセピアハープに追いついたと思った瞬間、マラソンランナーがゴールする瞬間に、嬉しさで瞼を一瞬閉じてしまうように瞬きを一つした。そして次の瞬間、目を開いたとき、その視界の一点に拳銃を構えたアイセーラの姿をとらえていた。数瞬の間にさまざまな思いが複雑に二人の頭の中で交錯し絡み、そして言葉を奪っていた。

炎の再会。

「!?」

潤んだ瞳のアイセーラは鼻をわずかにひくつかせ察知した。彼女は神速をもってセイに向かって駆け出しながら、彼めがけて乱暴に拳銃を思いっ切りよく投げつけた。

セイはお互いを認め合うのに時間を必要としていたので、筋肉の硬直があり拳銃の回避が遅れ、腹部に鈍い痛みを感じ体がくの字に折れた瞬間、目の前が真っ黒になった。

ドォウウッ！

路面を突き破りさらに大きな爆発が起こる。熱気に噴き上げられた砂塵が二人の体を覆い隠す。石畳やガラスの破片が雹のように体のうえに堅い痛みとなって降り注ぐ。

身を投げ出したアイセーラはセイの体を庇うように折り重なって倒れていた。その右手はセイの左手にいつの間にかきつく絡んでいた。

「……ウ、ウワァ、ア、アイセーラ！ アイセーラ！」

激しい耳鳴りに脳を揺さぶられたセイは絶叫しながら上半身を起こし、アイセーラの体が下にずれ落ちてゆくのを絡んだ手で強く支え抱きあげた。

「アイセーラ——！」

セイの体の根っこからの慟哭はアイセーラの髪を揺らした。

「本当にセイなの……よかった。私、守られてばかりだった。だから私も守りたいよ…」

アイセーラの瞳の奥からたまのようにこぼれてくる涙が緩やかなカーブを描く頬に沿って、そっと流れる。彼女の息吹は線のように弱かった。

セイの目に溢れ出した涙に、静かに目を閉じたアイセーラの顔が投影されていた。

二人を守るように無音の風が渦を巻いて上空へ舞い上がり膨張するガスを含む危険な空気を吹き散らした。代わりに本当の静寂のカーテンが降りてきた。

セイはアイセーラの体を抱き締めて、お互いの頬を寄せ合ってその場に佇んでいた。

二人の唇と唇が限りなく近づいていた。風の通り道すらその隙間にはなかった。

『絶対に君に会いたかったんだ』

『エピローグ』

後世の歴史的事実によれば、一九四〇年八月一五日の大ロンドンへのドイツ空軍による空襲はさしたる成果もあげられず、その損害はドイツ空軍七五機、イギリス空軍三四機という微々たるものであった。一九五〇機も出撃させたドイツ空軍の損害が四パーセント以下なのが目につく。これほどの大規模な空襲にもかかわらず、意外に双方の損害が少ないことが後世の歴史家の見解を苦しませる。

この原因として考えられるのは、両軍機の戦闘半径の狭さと一撃離脱タイプの戦闘に終始したことにある。

首都大ロンドンを包み込んだ不思議な光や少女のことは、全く歴史の事実に触れられてはいない。当然である。目に見えることすべてを歴史に示すことはまずない。書き記す者の都合で内容は改竄される。

同年九月一五日にバトル・オブ・ブリテンは終わる。イギリスを制圧できなかったアドルフ・ヒトラーの最初の軍事的挫折であった。

ホテル「アカシア」——その一室。

「あれからもう一ヶ月——」

「ええ、そうね。あの日のことは一生、私、忘れられないわ」

ソファに腰かけていたアイセーラ・ウル・ホロスコープは、頬に小さく青く残る痣のような傷跡を指でなぞり、少し押してみる。もう痛みは全くなかった。

「……跡、残っちゃったな」

セイ・ライツは傷跡を押さえたアイセーラの指先をとって、そのまま彼女を立たせる。

「そういう意味じゃないわよ。それにこれぐらい全然平気よ。いつか消えると思う」

セイはアイセーラの指先から掌へと指を絡めてゆき、彼女を窓際へと優しく導く。

セイは戦争によってリトルロンドンへ帰ることができず、一ヶ月以上もここで足止めをくらっていた。しかしドイツ軍はイギリスよりもう撤退していた。

「もう新学期が始まってるね。アイセーラはこれからどうするんだい？」

「ふふん、いまさらなに。一ヶ月以上も前にその答え教えたはずだけど忘れちゃったの」

「え！」

セイは真剣にわからないなという顔をつくった。アイセーラはちょっとむっとする。

「もう忘れちゃってるの。約束、したでしょう。一緒にハイスクールに通いましょうって言った、や・く・そ・く！」

アイセーラがいつかのようにすっとセイに寄り添うように肩を押してくるが、今度はそれに負けずに彼女の肩を不器用に抱き寄せる。アイセーラはそんなセイの横顔を見あげて細く笑む。

「好きよ」

「……どうしたんだよ、突然！」

「へへ、言葉にしないと伝わらないことばかりでしょう」

「……そうだよ。じゃあ俺も、好きだよ。アイセーラのこと」

「ふふ、いじわるね。俺もだけ余分じゃない」

開いている窓から風が入ってきて二人の繋いだ手の間をするりと涼やかに通り抜ける。

「風が優しさを運んでくる。そういうの信じるかい？」

「ん——」

大ロンドンの空にリトルロンドンの天まで抜けるような白く青い空を重ねて、二人はいつまでも一緒に見あげていた。

「セピアハープ・ペンダント・ユキウリ。………父さん、忘れない」

その名前は風にのって遠くの空へとそっと流れてゆく。

僕の想いが、僕を取り巻く空気の中に含まれているのを感じた。初めてのことだった。

END.

この作品を完成させるうえで協力して戴いた方々に感謝の念を込めてここに記載させて戴きます。

大住正勝　蓮井のぞみ　鈴木裕一　田中大晶
国枝香織　巳野英幸　水野義紀　戸倉紀子
井関　徹　小木曽薫　福島伸泰　大住茂子
森本晴江　三浦美和　谷山美佳

著者プロフィール

大住太郎（おおすみ たろう）

1971年10月15日、愛知県生まれ。

大阪芸術大学芸術学部映像学科卒。

air feel —空の精霊—

2000年9月1日　　第1版第1刷発行

著　者　大住太郎《おおすみたろう》

発行者　瓜谷綱延

発行所　株式会社文芸社

〒112-0004　東京都文京区後楽2-23-12

電話　03-3814-1177（代表）

03-3814-2455（営業）

振替　00190-8-728265

印刷所　株式会社フクイン

ISBN4-8355-0569-7 C0093